Rudolf Kaiser · *Geh mit leisen Schritten*

Rudolf Kaiser

Geh mit leisen Schritten

Indianische Wegweisungen

Kösel

Von Rudolf Kaiser bei Kösel:

Gott schläft im Stein
Indianische und abendländische Weltansichten im Widerstreit
1990. 175 Seiten

Im Einklang mit dem Universum
Aus dem Leben der Hopi-Indianer
1992. 278 Seiten

Die Stimme des Großen Geistes
Prophezeiungen und Endzeiterwartungen der Hopi-Indianer
2. Aufl. 1990. 131 Seiten

ISBN 3-466-36409-4

Druck: Appl, Wemding
Bindung: Kösel, Kempten
Gestaltung: Regina Rilz, München
Umschlag: Elisabeth Petersen, Glonn
Umschlagfoto: Anselm Spring, Landsberg

1 2 3 4 5 · 98 97 96 95 94

Für Rita

Zahlreiche Menschen sind bei der Herstellung dieses Bandes behilflich gewesen. Ihnen allen möchte ich herzlich danken.

An erster Stelle geht mein Dank an meine Frau Rita und unsere Tochter Michaela. Weiterhin danke ich Erdmute und Horst Lücke für wertvolle Ratschläge. Schließlich waren in vielfacher Weise behilflich: Elisabeth Steinort, Annette Linde, Heidrun Barrett und Jane Rademacher.

Mein besonderer Dank gilt aber den vielen Indianern und Indianerinnen, die ihre Zustimmung gaben, mit Bild und/oder Text in diesem Buch gegenwärtig zu sein.

Rudolf Kaiser

Inhalt

Einstimmung

Als es Nacht wurde, zogen sich die Kiefern zurück und wurden zu einem Teil der Berge. Die Feuer waren Flecken des Lichtes unter einem Himmel voller Sterne.

Plötzlich wußte ich, wie fremd ich war in dieser indianischen Welt. Es ist eine andere Welt. Als Weißer sieht man sie; man berührt sie; einige sind sogar so verwegen und versuchen, in sie einzubrechen, um sie zu ändern.

Aber das können sie nicht. Denn dieses ist eine gesonderte Welt, eine braune Welt brauner Menschen.

Manchmal kommen sie aus ihrer Welt heraus, um zu uns zu sprechen. Denn sie verstehen unsere Sprache. Doch wenn sie sich dann wieder in ihre Welt zurückziehen, dann können wir nicht folgen.

Sie leben nahe der Erde … Eine Religion, die aus einer Idee oder einem Ideal besteht, ist ihnen fremd. Ihre Religion ist von der Erde und von den Dingen der Erde.

Ich dachte an alle diese braunen Menschen, die ich gesehen hatte, wie sie ihre Gebete tanzten; wie sie diese mit ihren Füßen in die Erde – ihre Mutter – stampften. Die Weise der Erde ist wie die Weise dieser Menschen …

Sie verstehen die Erde. Sie tanzen ihre Gebete in die Erde hinein. Und sie beten um die wirklichen Dinge des Alltags: um Sonne und Regen und Mais. Um Wachstum. Um Leben.

Erna Fergusson

Natur und Mensch

Einführende Gedanken

Wir alle kennen die landläufige Überzeugung, daß Indianer ein anderes, ein besseres Verhältnis zur Natur haben als wir Angehörigen des abendländischen Kulturkreises. Mag in dieser Auffassung auch das Klischee von einer naturnahen Lebensweise indianischer Menschen seinen Ausdruck finden, so ist es doch keine Frage, daß Indianer – wie andere Stammesvölker – dem Raum, in dem sie leben, traditionell enger und nachhaltiger verbunden sind als wir Europäer unserem Lebensraum. Man kann sagen, daß Indianer ihre Identität stärker aus der sie umgebenden Natur gewannen und gewinnen – während wir unsere Identität stärker aus dem Bewußtsein erlangen, einen bestimmten Punkt auf einer Zeitgeraden einzunehmen.

So haben Indianervölker immer wieder zum Ausdruck gebracht – und manche tun es auch heute noch – daß eben dieses Land, auf dem sie geboren wurden und auf dem ihre Vorfahren begraben sind, ihnen vom Schöpfer als gemeinsames Eigentum zugewiesen wurde. Und immer wieder weisen sie auf heilige Berge hin, durch die diese ihnen anvertrauten Gebiete markiert und die dort beheimateten geistigen Kräfte benannt und gesichert sind.

Diese Auffassungen finden sich sowohl bei den Navajo- wie bei den Hopi-, den Pueblo-, den Apachen- oder auch den Papago-Indianern – also bei den verschiedenen Völkern im Südwesten der USA (in den Staaten Arizona und Neu-Mexiko), wo ich die Bilder dieses Bandes aufgenommen habe. Nicht nur heilige Berge, sondern auch andere Markierungen in der Natur besaßen (und besitzen zum Teil noch heute) spirituelle Kraftpotentiale für Indianer. Und die Menschen sind aufgerufen, sich zu den Kräften der Natur in eine ausbalancierte Beziehung zu bringen, um das notwendige Miteinander von Natur und Mensch zu ermöglichen und zu gewährleisten.

Die Bilder und Texte dieses ersten Abschnittes wollen versuchen, diesen Rang der Natur und die Bedeutung der Beziehung zwischen Natur und Mensch im indianischen Denken zu verdeutlichen. Eine größere Zahl dieser Bilder habe ich auf der Navajo-Reservation in Arizona aufgenommen. Es ist die größte aller Indianerreservationen in den Vereinigten Staaten. Ihr karger und majestätischer Charakter hinterließ bei meinen Besuchen immer wieder sehr intensive Eindrücke.

Dabei habe ich in den vorliegenden Bildern vor allem das Monument Valley und den Canyon de Chelly dokumentiert – zwei der großartigsten Landschaftsformationen nicht nur der Navajo-Reservation, sondern ganz Amerikas. Das Monument Valley ist uns allen aus zahlreichen Western-Filmen als Klischee vertraut. Hoffentlich gelingt es mit den vorliegenden Bildern, dieses Klischee einmal zur Seite zu legen und diesen Raum in seiner kosmischen Stille zu erfahren.

Der Canyon de Chelly ist demgegenüber hierzulande nahezu unbekannt, obwohl er nicht nur ältestes Navajo-Siedlungsgebiet darstellt, sondern von manchen Besuchern wegen seiner Schönheit und Majestät mit dem Grand Canyon verglichen wird.

Das Verhältnis zwischen Mensch und Natur kommt immer wieder in den Siedlungsformen von Menschen in ihrer Landschaft zum Ausdruck. So sehen wir in diesen Bildern, wie auch heute noch im Canyon de Chelly das traditionelle sechseckige Erd- oder Holzhaus der Navajo – der sogenannte Hogan – zu finden ist und sich in seine Umgebung harmonisch einpaßt. Auch die Siedlungsformen an anderen Stellen der Navajo-Reservation, wie wir sie hier erblicken, scheinen gewissermaßen Rücksicht zu nehmen auf die von der Natur jeweils vorgegebenen Formen, Farben und Gestalten. Das geht so weit, daß man in dem einen oder anderen Bild nur nach sehr sorgfältigem Hinschauen die menschliche Behausung, den Hogan, entdeckt – so perfekt ruht das vom Menschen Gestaltete in dem von der Natur Hervorgebrachten und fügt sich darin ein.

Die gleiche Erfahrung macht man immer wieder als Besucher der Reservation: Man fragt sich, wo die nun fast 200 000 Navajo denn eigentlich alle leben, da man nur wenige größere Siedlungen findet und die für Navajos so typischen Einzel-»Gehöfte« dem wandernden Auge oft unsichtbar bleiben, da sie sich kaum von der umgebenden Natur abheben.

Ganz anders hat die Natur auf der Hopi-Reservation gebaut: mächtige Tafelberge, deren Wände bröckeln und die Ebene darunter seit Jahrmillionen mit riesigen Steinquadern übersäen. Doch das Prinzip der Einpassung des Menschen in die so vorgegebenen Naturformationen ist bei den Hopi nicht anders als bei den Navajo. Wieder geht es dem unaufmerksamen Besucher so, daß er von der Straße aus kaum Siedlungen auf den Höhen der Tafelberge entdeckt. Erst nach wiederholtem Schauen sieht er, daß die Häuser der Hopi aus den Felsen der Tafelberge herauswachsen, als wären sie kleine Auswüchse dieser gewaltigen Steinkolosse. Wie tibetische Klöster hocken manche Dörfer zwischen Himmel und Erde. Die Hand der Natur und die Hand des Menschen haben hier offensichtlich nach ähnlichen Plänen und mit ähnlichem Material gebaut. Alles scheint Natur zu sein – Natur am ersten Schöpfungstag.

13

Doch Natur wird hier niemals als totes Material verstanden, das dem Menschen zu seiner Weltgestaltung frei zur Verfügung stände. Natur ist vielmehr geistdurchwirkt, besitzt spirituelle Energie und Kraft aus sich selbst. Und alles in ihr, einschließlich des Menschen, steht in einer dichten Wechselwirkung.

Nach dieser Vorstellung ist der Mensch nicht Herr der Natur, sondern Teil von ihr; er ist aufgerufen, ihr Gleichgewicht, ihre ausbalancierte Harmonie zu erhalten und zu bewahren.

Nicht, als wenn es in dieser Halbwüstenregion Arizonas niemals regnen würde! Gerade in den Sommermonaten gehen wiederholt Schauer nieder. Wie die Fäden eines kosmischen Webstuhls – so hängen die Regenschauer dann häufig vom Himmel herab. Und durch diese hängenden Fäden schießt die strahlende Nachmittagssonne rosenfarbene Querfäden. Das Gewebe aus Regenschauern und Sonnenstrahlen bildet ein Muster, in dem alle Farben des Regenbogens sichtbar werden und das zugleich eine Brücke zwischen »Mother Earth« und »Father Sky« baut. Der Mensch dazwischen erscheint als ein Kind von beiden. – Es passiert aber auch, daß man es in der Ferne regnen sieht, dieser Regen jedoch den Boden gar nicht erst erreicht. Er verdunstet schon vorher in der extrem trockenen Luft.

Geburt der Morgendämmerung

Unsere Mutter Erde
    sende uns deinen Lebensatem.
Die ganze Nacht hast du geschlafen.
Jetzt erwachst du im Osten.
Sieh dort die Morgendämmerung.

Unsere Mutter Erde
    atme und erwache.
Die Blätter rühren sich,
alle Dinge bewegen sich,
der neue Tag kommt,
das Leben erneuert sich.

Adler,
    der in der Höhe kreist:
Sieh den Morgen,
sieh den neuen, geheimnisvollen Morgen,
    etwas Wundersames und Heiliges,
    obwohl es jeden Tag geschieht.
Morgendämmerung –
    du Kind Gottes und der Dunkelheit.

Pawnee-Indianer, aus der Hako-Zeremonie

Geist der Natur

Ich war hier vor dem Regen und der wilden See.
Ich war hier vor dem Schnee und dem Hagel.
Ich war hier vor den Bergen und den Winden.
Ich bin der Geist der Natur.

Ich bin in dem Licht, das die Erde erfüllt,
    und in der Dunkelheit der Nacht.
Ich gebe der Natur ihre Farben,
    denn ich bin im Wachsen
    und in den Früchten der Natur.

Und ich bin auch in der Natur,
dort, wo man geheimnisvolle Weisheit findet.
Ich bin in euren Liedern und in eurem Lachen.
Ich bin in den Tränen, die aus dem Kummer fließen.
Ich bin in den hellen, frohen Augen der Kinder.
Ich bin in den Gedanken, die Einigkeit geben,
     Erfüllung und Einssein.

Ich bin in den Bergen
als ein gewolltes Zeichen für die ganze Menschheit,
     wenn das Antlitz der Erde verunstaltet wird,
da man ihre geistige Gestalt nicht mehr erkennt.
Ich bin in euch,
     wenn ihr den einfachen Weg
     des Roten Mannes geht.

Ich bin in euch,
     wenn ihr Liebe zum Menschen zeigt,
     denn auch ich gebe Liebe denen, die lieben.
Ich bin im Widerhall der Liebe zwischen den Menschen,
     denn dieses ist ein Weg,
     der den Segen und die Erfüllung
     des Großen Geistes
     finden wird.

Anonym, Einladungstext zum »Canto Al Pueblo«, 1980

Land und Mensch

Wir leben auf diesem Land seit unvordenklichen Zeiten, weit jenseits jeder menschlichen Erinnerung; unsere Wurzeln hier reichen tief in die Zeit der Mythen und Sagen zurück.

Die Geschichte meines Volkes und die Geschichte dieses Ortes sind eine einzige Geschichte.

Niemand kann an uns denken, ohne zugleich an diesen Ort zu denken.

Ein Mann aus dem Pueblo Taos

Der Fels

Unbewegt
seit unvordenklichen Zeiten
ruhst du
dort im Mittelpunkt der Wege
    im Mittelpunkt der Winde
ruhst du.

Gras wächst zu deinen Füßen
dein Haupt ist bedeckt
    mit den Federn der Vögel –
ruhst du
im Mittelpunkt der Winde
wartest du

Ur-Alter.

Omaha-Indianer, Fragment eines Rituals

Am Anfang der Zeiten

Am Anfang, als der Große Schöpfer die Welt machte, rief er all die verschiedenen
Geistwesen zusammen und fragte sie, was sie gern sein würden.
Einige wollten die Vier Kräfte des Universums sein;
einige wollten Blitz und Donner sein,
Wind, Regen, Schnee, Erdbeben.
Einige der Geistwesen entschieden sich dafür,
Ozeane zu sein, Berge, Flüsse und Ströme.

Die übrigen Geistwesen sagten,
sie wollten Pflanzen-, Baum-, Tier-, Vogel-, Fisch-, Schlangen-, Käfer-,
Felsenwesen und menschliche Wesen sein.

In dieser Art repräsentierten sie alle jene Wesenheiten,
die gehen,
kriechen,
fliegen
und schwimmen;
die sichtbaren und die unsichtbaren.
Sie alle zusammen brachten die Schöpfung hervor.

Medicine Grizzlybear Lake; S. 145

Morgenlied

… und ich sage:

Segnet mich,
        ihr Hügel
an diesem klaren, goldenen Morgen,
        da ich euch wiederum begegne.

Ich kann singen
        ohne Beschwernis,
denn diese Zeit ist mein.

Und diese schroffen roten Felsen
        diese fließenden Hügel
                und hallenden Winde
sind nur Wandlungen
        eines niemals endenden Gebetes.

Luci Tapahonso, Navajo

Hózhó

Wo ich auch immer gehe
    Schönheit Ordnung und Harmonie (= hózhó)
    erstrahlen vor mir
So weit ich nach vorn schauen kann
    breitet die Erde
    ihre Schönheit Ordnung und Harmonie aus

Wo ich auch immer gehe
    Schönheit Ordnung und Harmonie
    erstrahlen hinter mir
So weit ich nach hinten schauen kann
    breitet die Erde
    ihre Schönheit Ordnung und Harmonie aus

Wo ich auch immer gehe
    Schönheit Ordnung und Harmonie
    erstrahlen unter mir
So weit ich nach unten schauen kann
    breitet die Erde
    ihre Schönheit Ordnung und Harmonie aus

Wo ich auch immer gehe
    Schönheit Ordnung und Harmonie
    erstrahlen über mir
So weit ich nach oben schauen kann
    breitet die Erde
    ihre Schönheit Ordnung und Harmonie aus

Wo ich auch immer gehe
    Schönheit Ordnung und Harmonie
    erstrahlen um mich herum
So weit ich mich umschaue
    breitet die Erde
    ihre Schönheit Ordnung und Harmonie aus

Lied aus der Heilungszeremonie »Blessing Way« der Navajo

Ich fühle mich wirklich vom Glück begünstigt

begünstigt deshalb, weil ich einen Ort habe,
    wo ich lebe
    wo ich verwurzelt bin
    umschlossen von der Erde

     – tatsächlich –

        von dem Kreis der Berge.

Es ist,

als lebte ich im Inneren einer Schale.

Linda Hogan, Teil-Chickasaw

Wie der Mensch durch sein Leben schreitet

muß er seinen Fuß mit Vorsicht setzen;
muß so wenig zerstören wie möglich;
muß alles in seiner Macht Stehende tun,
um das zu heilen,
was in der Natur aus Notwendigkeit
zerbrochen werden muß.

Tim Ingold

Jeder Teil dieses Landes ist meinem Volke heilig

Jeder Teil dieses Landes ist meinem Volke heilig.
Jeder Hang, jedes Tal, jede Ebene und jedes Gehölz ist geheiligt
durch eine zärtliche Erinnerung
oder eine traurige Erfahrung meines Stammes.

Sogar die scheinbar stumm in der Sonne brütenden Felsen der Küste
in ihrer feierlichen Größe
sind getränkt von Erinnerungen an vergangene Ereignisse,
die mit dem Schicksal meines Volkes verbunden waren.

Und selbst der Staub unter unseren Füßen
antwortet liebevoller auf unsere Schritte als auf eure;
denn er ist die Asche unserer Vorfahren,
und unsere nackten Füße sind sich der wohlwollenden Berührung bewußt,
da der Boden reich ist durch das Leben unserer Familien.

Chief Seattle, aus der Urfassung seiner Rede von 1854/1887

Weißes Haus dazwischen

Siehst du die geweißten Wände des Zentralraumes im oberen Stockwerk dieses
vorgeschichtlichen Anasazi-Dorfes? Die Navajo-Indianer erwähnen diese Ruinen
in ihrem Nachtgesang (Night Chant), und nennen sie Kimii'Na'igai – weißes
Haus dazwischen – wegen dieser einmaligen Farbgebung.
Während seiner Blütezeit beherbergte dieses Dorf ungefähr 100 Männer, Frauen
und Kinder in etwa 60 Räumen, die aus Steinblöcken mit Lehmmörtel errichtet
waren. Die Anasazi-Indianer, die hier lebten, bauten im Tal des Canyon Mais,
Bohnen, Kürbis und Baumwolle an. Sie stellten feine Gewebe aus Baumwolle her,
Gewänder aus Truthahnfedern, Körbe und Sandalen aus Yucca. Auch fertigten sie
Tonwaren mit kunstvollen Mustern.

Tafel am Canyon de Chelly

Nimm dir Zeit

Nimm dir Zeit, den Himmel zu betrachten.
Suche Gestalten in den Wolken.
Höre das Wehen des Windes
Und berühre das kühle Wasser.
Gehe mit leisen und sanften Schritten –

Wir sind die Eindringlinge,
die von einem unendlichen Universum
nur für eine kurze Zeit geduldet werden.

Text am Montezuma Well in Arizona, 1993

Canyon de Chelly

Lieg auf deinem Rücken, auf Stein –
der Stein gemeißelt,
um sich deinem Körper anzupassen.
Wer machte ihn so? –
weil er wußte, daß ich hierherkommen würde
in einer Million Jahre,
um den Himmel anzuschauen,
der für immer so blau ist?

Mein Sohn ist in der Nähe.
Er sitzt da und wendet sich auf seinem Hinterteil
und kriecht über die Steine,
nimmt einen auf und hält ihn,
und steckt ihn dann in seinen Mund.
Der Geschmack des Steines!
Was sonst ist es als Stein
– die Erde in deinem Mund –
was du, mein Sohn, immer schmecken wirst.

Wir gehen zum Rand des Felsen
und schauen hinab in den Canyon.
Auf dieser Seite können wir das untere Ende des Felsen
nicht erblicken.
Doch weiter weg sehen wir Felder,
Sandfurchen, Pappeln.
Im Winter sind sie zartgrau.

Die Schatten der Klippen da unten
sind Hunderte von Metern entfernt.
Wir können unsere eigenen Schatten nicht sehen.
Der Wind weht sanft in uns hinein.
Mein Sohn lacht mit dem Wind,
er keucht und lacht.

Wir finden graue Wurzeln, altes Holz
so alt, mit seltsamen Windungen darin,
sich zurückwendend in Biegungen,
Wacholder, Kiefer, oder etwas
mit harten roten Beeren im Frühling.
Du probierst sie
und sie sind süß und bitter,
die Beeren, eine Wonne für Vögel.
Die Pflanze treibt ihre zarten Wurzeln
in eine sandige Stelle an der Canyon-Wand.
Die glänzend spitzen Blätter
baden sich im Sonnenlicht.

Mein Sohn berührt die Wurzel vorsichtig,
er ahnt ihre uralte Natur.
Er legt seine weichen kleinen Finger darauf
und schaut mich fragend an.
Ich sage ihm: Holz, eine alte Wurzel,
und rundherum die Erde –
wir selbst.

Simon J. Ortiz, A Good Journey; S. 67 f.

Tséghi' – Der Felsencanyon

Stets wechselnd wie Licht und Schatten ist dieser Anblick des Canyon de Chelly.
Das Wort Chelly (ausgesprochen Schey) spiegelt auch Veränderung wider, denn
es ist eine korrumpierte spanisch-englische Version von Tséghi' dem Navajo-Wort
für Felsencanyon.

Die Farmen der Navajo im Canyon werden noch auf traditionelle Weise bearbei-
tet, obwohl Hacken und Pflüge aus Stahl die Grabstöcke ersetzt haben und Klein-
laster zahlreicher sind als Pferde.

Diese Farmen produzieren Feldfrüchte für einzelne Familien. Zum Verkauf bleibt
nur wenig übrig. Und sogar diese karge Produktion wird durch Fröste im späten
Frühling und im frühen Herbst, ebenso durch Sandstürme, Sommerdürren oder
sintflutartige Regenfälle bedroht.   *Inschrift am Canyon de Chelly*

Zwischen den heiligen Bergen der Navajo-Indianer

Das Land der Navajo-Indianer ist umschlossen von vier heiligen Bergen, welche
die vier Himmelsrichtungen darstellen. Sie wurden vom Ersten Mann und der
Ersten Frau geschaffen. Die Navajo-Indianer betrachten ihr Land als ihre
»Mutter«, weil es sie am Leben erhält und ihnen ein Gefühl von Sicherheit und
innerem Frieden gibt.

»Mutter« ist ein spezieller Begriff in der Weltanschauung der Navajo-Indianer.
Alle Dinge, die Leben geben, es nähren und beschützen, werden als »Mutter«
bezeichnet – das Land, die Hogan (die traditionellen Häuser der Navajo-Indianer),
Schafe, Feldfrüchte und Frauen im Rahmen der Großfamilie.

Traditionsgemäß lebte ein Paar nach der Heirat im Hause der Mutter des Mannes,
vorzugsweise aber im Hause der Mutter der Frau. Siedlungsgruppen wurden übli-
cherweise um einen Kern miteinander verwandter Frauen gebildet, zu dem auch
die Ehemänner und die Kinder gehörten. Eine ältere Frau wurde als die leitende
Mutter betrachtet. Sie wurde mit großem Respekt behandelt und durch sie wurde
über das Recht einer Person entschieden, in der Gruppe leben zu dürfen.

Heard Museum, Phoenix, Arizona

Weit im Osten

Weit im Osten
weit dort unten
dort entstand ein Haus
Haus in Schönheit

Gott der Morgendämmerung
dort entstand sein Haus
Haus in Schönheit

Die Morgendämmerung dort
ihr Haus entstand
Haus in Schönheit

Sanftes Erfülltsein
zärtliche Erfüllung
dafür entstand ein Haus
Haus in Schönheit

Fülle des Wassers
rundherum Wasser in Fülle
dafür entstand ein Haus
Haus in Schönheit

Blütenstaub vom Mais
für ihn entstand ein Haus
Haus in Schönheit

Die Vorfahren erfüllen das Haus
mit Schönheit
Haus in Schönheit

Möge Schönheit sein vor mir
Möge Schönheit sein hinter mir
Möge Schönheit sein um mich herum
Möge Schönheit sein unter mir
Möge Schönheit sein über mir
Möge alles in Schönheit sein

Weihespruch für ein neues Haus bei den Navajo

Jeder Ort ist heilig

und heiliger Ort ist unerschöpflich

Alfonso Ortiz, Pueblo-Indianer

Mutter Erde

Natürlich ist Mutter Erde lebendig.
Sie hat doch dich und mich hervorgebracht.
Sie hat ihre Sprache im Singen der Vögel,
in der Unterhaltung der Tiere,
im Wind, in Blitz und Donner.

Erdbeben und Überschwemmungen
sind Wachstumsbewegungen der lebendigen Erde.
Außerdem sind sie Reaktionen
der durch die Menschen beleidigten Mutter.
Die eigene Mutter ist auch nicht nur lieb,
wenn man sie schlägt.

Ein Indianer aus dem Pueblo Cochiti, 1993

An den Kosmos

O die Sterne
O der Mond
O die Erde
die Bäume, der Boden
wir sind gekommen
um dir unsere Achtung zu erweisen
Mutter Erde
die alle Dinge macht
segne mich

wir sind demütig
segne meine Söhne
mache sie stark
segne meine Frau
gib ihr jene zarte Zeitlosigkeit
der Steine und des Dunstes und der Schönheit
die Stärke
segne mich
der betet
von Ehrfurcht ergriffen.

Aus: Simon J. Ortiz, Grand Canyon Christmas Eve 1969, in: A Good Journey; S. 47 f

Ich bin ein Stein

Ich bin ein Stein
Leben sah ich und Tod
fühlte Glück und Gram und Kummer
Ich lebe das Leben des Felsen.

Ich bin ein Teil der Erdmutter
Ich fühlte ihr Herz schlagen an meinem
Ich fühlte ihren Schmerz
Ich fühlte ihr Glück
Ich lebe das Leben des Felsen.

Ich bin ein Teil unseres Vaters, des Großen Geheimnisses
Ich habe seine Trauer gespürt
Ich habe seine Weisheit gespürt
Ich habe seine Geschöpfe gesehen
die Geschwister mir sind
die Tiere
die Vögel
die flüsternden Wasser und Winde
die Bäume und alles auf Erden
und jegliches Ding im All.

Gebet bei den Hopi-Indianern in Arizona

44

Tanz und Zeremonie

Einführende Gedanken

Zeremonien und Riten geben den traditionellen Religionen und Weltansichten nordamerikanischer Indianer ihre charakteristische Form und Färbung. Da erscheinen etwa bei den Hopi-Indianern maskierte Gestalten aus den unterirdischen Zeremonialräumen, den Kivas, mit bemalten Körpern, mit Rasseln in den Händen und an den Beinen; und sie vollziehen auf dem Zentralplatz des Dorfes vom Morgen bis zum Abend ein Ritual, das ich nur als dramatisiertes Gebet bezeichnen kann. Der dumpfe Gesang der Männer, der Klang der Rasseln und der rhythmische Schlag einer tiefen Trommel scheinen kosmischen Urlauten zu entsprechen: heulendem Sturm, rinnendem Wasser, und zu allem der rhythmische Herzschlag der Erde.

Gläubige Hopi sind überzeugt, daß sie mit diesen heiligen Zeremonien dazu beitragen, die Welt im Gleichgewicht zu erhalten und sie vor dem Abdriften in Unordnung und Chaos zu bewahren. Da der Mensch in einen spirituell geprägten Kosmos eingebunden ist und eine enge Vernetzung zwischen ihm und allen übrigen Teilen der Schöpfung besteht, ist es für Hopi auch keine Frage, daß kosmische Kräfte durch solche Zeremonien beeinflußt werden können und so zum Beispiel der stets erwünschte und notwendige Regen herbeigebetet und herbeigetanzt werden kann.

Neben solchen Maskentänzen gibt es bei den Hopi-Indianern den in aller Welt berühmten Schlangentanz, bei dem die Männer mit lebenden Schlangen tanzen.

Ein anderes feierliches Ritual, das ich einmal erlebt habe, ist die Flötenzeremonie. Bei dieser vollführen die zwei Flötenbünde, zu denen jeweils eine Frau gehört, ein Zeremoniell auf dem Platz des Dorfes. Priester zeichnen Wolken- und Regensymbole mit Hilfe von farbigem Maismehl auf den Boden, und die begleitende Flötenmusik eines jungen Hopi fesselt Auge und Ohr der Zuschauer über Stunden hin. Am Schluß der Zeremonie war außer den feierlich gekleideten Akteuren der Flötenbünde nur noch eine Handvoll Zuschauer auf der Plaza zu sehen, denn während der Zeremonie begann es so mächtig zu regnen, daß fast alle Zuschauer die Flucht ergriffen. – Ich selbst war in den letzten Jahrzehnten niemals mehr so durchgeregnet wie bei zwei Regenzeremonien, an denen ich auf der Hopi-Reservation teilgenommen hatte.

Leider ist es mir nicht möglich, Bilder solcher Tänze – oder auch der Maskentänze der Pueblo-Indianer – zu zeigen: Jede Form von Aufzeichnung, also auch jedes Fotografieren, ist bei solchen religiösen Zeremonien der Hopi-Indianer strengstens verboten. Bei den Pueblo-Indianern ist selbst die Anwesenheit von Nichtindianern bei Maskentänzen untersagt. Sie kehren damit gewissermaßen den Spieß um, da ihnen früher die Durchführung solcher Zeremonien von staatlichen und kirchlichen Stellen verboten worden war.

Allerdings sind die Pueblo-Indianer durchweg getaufte Christen und feiern deshalb neben ihren traditionellen Maskentänzen auch christliche Feste, so etwa den Namenstag des jeweiligen Kirchenpatrons. An diesen Tagen finden große und festliche Tänze auf den Zentralplätzen der jeweiligen Pueblos statt, deren Zweck auch immer das Herbeirufen von Regen ist. Doch da es sich hierbei nicht um tradierte »heidnische« Maskentänze handelt, sind Besucher zugelassen. Einige Pueblos erlauben neuerdings sogar das Fotografieren solcher Tänze – gegen eine entsprechende Gebühr. Deshalb bin ich in der Lage, hier Bilder von solchen »Corn Dances« und Regentänzen aus den Pueblos Santa Clara und San Juan im Staat Neu-Mexiko zu zeigen.

Das auffallende Kennzeichen dieser und anderer Indianer-Tänze ist für mich immer wieder die Ernsthaftigkeit der Tänzer und des ganzen Geschehens. Bei aller Farbenpracht der Kostüme und Gestalten: Hier wird nicht Karneval gefeiert und hier wird nicht Touristisches geliefert; sondern vom jüngsten Kind bis zur ältesten Greisin wird ein ernsthaftes Ritual, ein dramatisiertes Gebet um Regen und Fruchtbarkeit durchgeführt.

Leider gehen mehr und mehr Hopi-Dörfer dazu über, das Beispiel der Pueblo-Indianer nachzuahmen und ihre Maskentänze (Kachina-Tänze) für nichtindianische Besucher zu sperren. Das Bild eines Hinweisschildes am Eingang zu einem Hopi-Dorf auf der Second Mesa demonstriert es eindeutig. Hier wird eine Entwicklung fortgeführt, die bei den Hopi etwa um 1910 begann. Bis dahin durften Besucher der Kachina-Tänze und auch des Schlangentanzes Fotos von diesen Zeremonien machen. Es gibt also Bilder von diesen zentralen und hochheiligen Hopi-Zeremonien – doch sie sind fast 100 Jahre alt. Das eine oder andere dieser Fotos habe ich an anderer Stelle auch veröffentlicht, doch in diesem Band geht es nur um eigene Aufnahmen der vergangenen zwölf Jahre.

Die Hopi-Dörfer verboten dann etwa zur Zeit des ersten Weltkrieges reihum das Anfertigen von Aufzeichnungen, ließen aber weiße Besucher bei den Maskentänzen auf den öffentlichen Plätzen weiterhin zu. (Die vorbereitenden Teile der öffentlichen Tänze in den unterirdischen Zeremonialkammern waren ohnehin nicht öffentlich zugänglich, sondern nur in Begleitung oder auf Einladung der Hopi.)

Bis in die achtziger Jahre dieses Jahrhunderts hinein waren also Besuche der Hopi-Zeremonien möglich, jede Art von Aufnahmen aber strikt verboten. 1986 untersagten dann die zwei Dörfer, die noch den Schlangentanz durchführen, daß nichtindianische Besucher anwesend sein durften. Als Grund wurde mangelnde Ehrfurcht der Weißen vor dem heiligen Geschehen angegeben. Jetzt, in den neunziger Jahren, schließt etwa die Hälfte der Hopi-Dörfer weiße Besucher von allen Tänzen aus. Es heißt, die Tänzer fühlten sich durch die Anwesenheit großer Zuschauerzahlen in ihrem religiösen Tun beeinträchtigt. Andere Hopi-Dörfer weisen dagegen (noch!) darauf hin, daß die Gebete dieser Zeremonien allen Menschen gelten und daß darum auch alle Menschen die Möglichkeit haben sollten, daran teilzunehmen. Sie erlauben weiterhin die zurückhaltende Anwesenheit nichtindianischer Besucher.

Trotzdem ist es mir möglich, Bilder eines Hopi-Butterfly-Dance aus dem Jahre 1993 zu zeigen! Der Butterfly-Dance gehört auf der Reservation zu den weniger religiös geprägten Tänzen und wird deshalb als »Social Dance« bezeichnet. Er gehört nicht zu den hochreligiösen Maskentänzen. Dennoch durften und dürfen Besucher auch diese Tänze nicht fotografieren. 1993 nun wurde im »Museum of Northern Arizona« in Flagstaff, also außerhalb der Hopi-Reservation, eine Ausstellung über das Kunsthandwerk der Hopi eröffnet. Zu dieser Eröffnung kam eine Tanzgruppe von der Reservation und zeigte den Besuchern einen eindrucksvollen Butterfly-Dance. Und sie erlaubten sogar das Fotografieren! Dadurch wurden die letzten Bilder dieses Kapitels möglich.

Die ersten Bilder auf den folgenden Seiten sollen dagegen einen Eindruck von der Pubertätszeremonie der Apachen vermitteln. Diese sogenannte »Sunrise Ceremony« wird durchgeführt, wenn ein Mädchen geschlechtsreif geworden ist und damit der Fortbestand des eigenen Volkes ein Stückchen mehr gesichert erscheint. Ein Medizinmann führt die Zeremonie durch; das Mädchen tanzt zwei bis vier Tage (und zum Teil auch Nächte) lang; ein Teil des Tanzes erfolgt im Knien und sogar im Liegen; und am Schluß wird das Mädchen vom Kopf bis zu den Füßen mit einer Flüssigkeit aus Wasser, Maismehl, Pollen und Erde eingestrichen. Dabei erscheinen auch die

Geistwesen der Apachen, die sogenannten »Mountain Spirits« und segnen das Mädchen und alle Anwesenden. Alle Tänze, Gebete und Gesänge der Zeremonie gelten dem Wohlergehen dieses Mädchens, seiner zukünftigen Kinder und seiner Familie.

Auch hierbei war für mich wieder die große Ernsthaftigkeit dieser Zeremonie das Beeindruckendste. Allerdings unterziehen sich heute keineswegs mehr alle Apachen-Familien der Anstrengung, dem Aufwand und den Unkosten, die ein solcher Ritus, an dem natürlich die ganze Verwandtschaft teilnimmt, für die Familie mit sich bringt. Auch christliche Gruppierungen lehnen zum Teil dieses von ihnen als »heidnisch« bezeichnete Ritual kategorisch ab. Andererseits habe ich es selbst erlebt, daß der katholische Geistliche des Apachen-Dorfes White River dieser Pubertätszeremonie beiwohnte und anschließend dem Mädchen, seinen Eltern und dem Medizinmann gratulierte.

Außer den bisher charakterisierten Zeremonien gibt es innerhalb und außerhalb der Reservationen immer wieder Tänze, bei denen Indianer ihr Zusammengehörigkeitsgefühl, ihre Lust an traditionellen Tänzen und an tradierter Kleidung pflegen. Solche geselligen Ereignisse nennt man Powwows. Eine Genehmigung zum Fotografieren wird in der Regel erteilt, wenn man darum nachsucht. So entstanden weitere der hier vorliegenden Bilder.

Mutter Erde

die du Frucht bringst
und die du wie eine Mutter
für Generationen bist

Dieses junge Mädchen
das du hier siehst
wird geläutert
und geheiligt werden

Möge es sein wie du
und mögen seine Kinder
und seine Kindeskinder
den heiligen Weg
in heiliger Weise gehen

Gebet, gesprochen bei der Pubertätszeremonie eines Sioux-Mädchens

Pubertätszeremonie

Wenn eine Frau geschlechtsreif wird, wird sie durch die Natur selbst gereinigt und geläutert. Zu dieser bestimmten Zeit sollte sie in Harmonie sein mit den Zyklen der Mutter Erde und den kosmischen Kräften des Universums. Sie sollte sich deshalb mit ihrem Körper, ihrem Geist und ihrer Seele auf sich selbst zurückziehen …
Es ist eine Zeit der Kontemplation, der Meditation, des Gebetes und der persönlichen Reinigung. Es ist für sie eine Gelegenheit, ihren eigenen Mittelpunkt zu finden und sich mit dem Nährboden der Mutter Erde zu verbinden …
Die Zeit des Mondzyklus kann einer Frau helfen, sich selbst zu verwirklichen; sie kann ihr helfen, Selbstvertrauen zu gewinnen; und sie kann ihr helfen, intuitive psychische Kräfte zu wecken, die für ihr Überleben als Frau notwendig sind. Daher ist dieses eine Zeit für sie, in der sie ihre Träume pflegen, ihr Unbewußtes öffnen soll; in der sie ihr körperliches, geistiges und spirituelles Bewußtsein in Einklang bringen kann. Die traditionelle indianische Frau betrachtet die Zeit ihres Mondzyklus als eine mystische Erfahrung der Erleuchtung.

Tela Starhawk, in: Medicine Grizzly Bear Lake; S. 93 ff.

Als die Wolken sich versammelten

Freunde schaut
ich bin geheiligt worden

Freunde schaut
in heiliger Weise
bin ich gewandelt worden
als die Wolken sich versammelten

Freunde schaut
ich bin geheiligt worden

Indianisches Dankgebet

Nai'ees: Sonnenaufgangs-Zeremonie

Nai'ees ist eine Zeremonie für ein Mädchen, das erwachsen wird. Wenn die
ersten Strahlen der Sonne auf das Perlmut-Zeichen an ihrer Stirn treffen, dann
wird sie gereinigt, wird zur Verkörperung der »White painted woman«. Sie trinkt
jetzt aus einem hohlen Schilfrohr und berührt ihren Körper nur mit einem Holz-
stäbchen. Obwohl ihr Kleid schwer und heiß ist, kann sie den Schweiß nicht
selbst von ihrer Stirn wischen. Vier Tage ist sie in einem Zustand der Heiligkeit
und besitzt übernatürliche Kräfte.
Kleine Kinder werden zu ihr gebracht, damit sie deren Krankheiten heilt. Sie
segnet diese. Sie läßt ihren Atem über sie strömen. Wenn Regen benötigt wird,
wird das Mädchen mit Wasser benetzt. Wenn das Mädchen rein und tugendhaft
ist, dann werden die Gebete der Menschen erhört werden.

Apache Museum auf der Fort Apache Reservation, Arizona, 1993

55

Die Gabe von Changing Woman

Ein Apachen-Mädchen wird zu einer erwachsenen Frau im Verlauf einer vier Tage währenden Zeremonie, welche die Erschaffung der Welt symbolisch wiederholt. Dieses Ritual nennt man »The Gift of Changing Woman«, oder die »Sunrise Ceremony«. In der Sprache der Apachen bezeichnet man es einfach als »Nai'ees«, was soviel heißt wie »Es geschieht«.

Changing Woman war die erste Frau auf Erden – eine wohltätige Gottheit, die Zwillingen das Leben schenkte. Diese wuchsen heran, um die Welt vom Bösen zu reinigen und sie so für die Menschheit vorzubereiten.

Während der Changing-Woman-Zeremonie verkörpert das junge Mädchen den Geist dieser Göttin und wird so vorbereitet auf ihre Rolle als Mutter und Lebensspenderin für das Volk der Apachen.

Die Zeremonie vermittelt auch die Sicherheit, daß das Mädchen Kraft haben wird sowie ein ausgeglichenes Temperament, Wohlstand und ein langes Leben – Talente, die alle mit Changing Woman in Verbindung gebracht werden.

Heard Museum, Phoenix, Arizona

Der Geist spricht

Ich bin es, der im Feuer lebt.

Ich bin es, der im Sturm daherkommt.

Ich bin es, der im sanften Winde flüstert.

Ich schüttele den Baum.

Ich erschüttere die Erde.

Ich bewege die Wasser in alle Richtungen.

G. Copway, Ojibwa-Indianer

Wie eine Feder in der Luft

Meine Mutter gab mir das Sein
Ay!
Inmitten einer Regenwolke
Ay!
So daß ich weinen würde wie der Regen
Ay!
So daß ich tanzen würde wie eine Wolke
Ay!
Unterwegs von Tür zu Tür
Ay!
Wie eine Feder in der Luft
Ay!

Quechua

Rituale

Menschliche Wesen aller Rassen und aller Zeiten haben Rituale gehabt. Rituale sind natürlich. Alle lebenden Wesen in der Natur – Tiere, Vögel, Fische, Reptilien, Käfer – haben ihre eigenen Rituale und Zeremonien. Ohne diese könnten sie nicht überleben.
Warum sollten die menschlichen Wesen anders sein?
Sind nicht auch sie ein Teil der Natur?

Tela Starhawk, in: Medicine Grizzly Bear Lake, S. 99

Ich

Ich bin eins mit dem Geist der Erde.

Die Füße der Erde sind auch meine Füße
Die Beine der Erde sind auch meine Beine
Die Kräfte der Erde durchfließen mich
Die Gedanken der Erde sind auch meine Gedanken

Die Stimme der Erde ist auch meine Stimme
Alle Dinge der Erde sind auch meine Dinge
Mich umgeben die Dinge der Erde

Ich singe ihr Lied.

Hopi-Gebet

Büffeltanz

Riten und Zeremonien sind und waren Ausdruck der Religiosität von Indianern. Da die belebte wie auch die unbelebte Natur von göttlichen Kräften und göttlicher Wirklichkeit durchdrungen und erfüllt ist, verstanden/verstehen sich Indianer im allgemeinen als Teil der Natur, nicht als deren Gegenteil. Da nach ihrer Auffassung außerdem alle Wirklichkeit durch spirituelle Verbindungslinien miteinander vernetzt ist, konnten/können die Menschen durch ihr Denken und Tun Einfluß auf andere Sphären der Wirklichkeit nehmen – so wie sie selbst dauernd von dort beeinflußt werden.

Ein Büffeltänzer versuchte, in einem Ritual mit dem zu jagenden Bison in spirituellen Kontakt zu treten, um so die Tötung des Tieres, die eigentlich eine Störung der göttlichen Ordnung bedeutete, zu erläutern und zu rechtfertigen.

Die Büffeljagd von Indianern muß nicht »humaner« gewesen sein als die von Weißen. Sie ging aber von der Voraussetzung aus, daß der Büffel – wie der Mensch – seinen Platz in der spirituellen Seinsordnung hat und die Tötung eines Tieres aus menschlicher Notwendigkeit heraus gerechtfertigt und erklärt werden muß.

Wenn ich tanze

finde ich meine Mitte

gewinne ich meine Sicherheit

bin ich ganz.

Nora Naranjo-Morse; Pueblo Santa Clara

Als Ganzes gesehen

verkörpern die Tänze der Indianer
ein allgemein menschliches Bedürfnis,
sich mit jenen Schwingungsgesetzen
in rhythmischen Einklang zu bringen,
die allen belebten und unbelebten Dingen zugrundeliegen:

von den tanzenden Partikeln des Atoms
bis zum Rhythmus der weiten Wälder,
der gewaltigen Ozeane
und der Planeten,
die sich rund um die Sonne bewegen.

Evans-Wentz

Indianischer Regentanz

Die große bauchige Trommel hämmerte heiser.
Der Blick der 40 alten Männer wandte sich nach innen, wurde starr.
Dann begannen sie zu singen – ein mächtiges Sausen wie Wind in den Kiefern.
Die Fahnenstange des Anführers der Tänzer senkte sich und hob sich.
Die immergrünen Zweige schwangen nach oben und nach unten.
Dann kam das Klingeln von Glöckchen, das Geklapper von Hirschhufen, ein Rattern der Kürbisrasseln.
Die Regentänzer zogen sich zusammen wie die Teile einer zerhackten Schlange.
Sie tanzten.
In zwei langen Reihen wechselten sich die ruhigen, gleichmütigen Frauen mit den Männern im Tanz ab.
Dann waren es vier kürzere Reihen, da die Frauen zurücktraten und den umkehrenden Männern gegenüber tanzten.
Und jetzt in einem großen, langsam bewegten Kreis war jede Frau ein Schatten auf den Fersen ihres Mannes.
Ein mächtiges, auf die Erde sinkendes Stampfen, unentwegt und schwer, kam von den Männern.
Dann doppelt so schnell stampften sie zu einem Schlag und zogen zum nächsten Schlag die Knie an.
Aber von den alten grauhaarigen Frauen, von all den leisen und ergebenen Frauen wurden die flachen Füße kaum angehoben, denn der ganze Körper bewegte sich zum Rhythmus.
Gelegentlich gab es eine kurze Pause.
Dann ein schriller Schrei, ein schnelles Geräusch der Kürbisrasseln, der Donnerschlag, der Blutschlag der großen Trommel.
Die entzückten Stimmen der alten Männer säuselten durch die grünen Zweige.
Ein Fichtenwald bewegte sich auf und nieder in dem scharfen stechenden Staub unter einem harten, alkalischen Himmel.
Die Gruppe tanzte eine halbe Stunde oder länger, dann gingen die Tänzer im Gänsemarsch zurück zu ihrem Kiva.
Indem aber die Sommer-Leute gingen, kamen die Winter-Leute aus dem gegenüberliegenden Kiva.
So im Wechsel, wie der Winter dem Sommer folgt und der Sommer wiederum dem Winter, tanzten die zwei Gruppen fort und fort.

Frank Waters

Der Schlag der Trommel

… eine Trommel, die so lange geschlagen wurde,
daß ich mir nicht mehr nur ihres dumpfen Schlages
bewußt war.

Ich hörte auf das Pochen meines eigenen Blutes …

Und ich hörte auf das Herz meines Körpers,
und ich hörte auf das Herz des Berges …

Ich konnte das gewaltige Herz des Berges hören.

Ich konnte mein eigenes Herz hören.

Und sie waren eins.

Frank Waters

Am Mittelpunkt der Erde

stehe ich.
Seht mich
im Mittelpunkt des Windes
stehe ich.
Seht mich
eine Wurzel des Heilkrauts.
Deshalb stehe ich
im Mittelpunkt des Windes
stehe ich.

Lied des heiligen Baumes beim Sonnentanz der Sioux

Indianer wollen tanzen!

Dadurch bringen sie ihre Frömmigkeit zum Ausdruck,
ihre Verbindung mit den unsichtbaren Mächten
und ihre Stammesidentität.
Wenn das Herz des Lakota von tiefen Gefühlen erfüllt war,
dann tanzte er.
Wenn er die Segnungen der wärmenden Strahlen der Sonne fühlte,
dann tanzte er.
Wenn sein Blut erhitzt war vom Erfolg einer Jagd,
dann tanzte er.
Wenn sein Herz erfüllt war vom Mitleid für das Waisenkind, für den einsamen
Vater oder für die hinterbliebene Mutter,
dann tanzte er.
Alle Freude und Begeisterung des Lebens,
all seine Dankbarkeit,
all seine Erfahrung der geheimnisvollen Macht, die das Leben leitet
und alle seine Hoffnungen auf ein besseres Leben
fanden ihren Höhepunkt in einem großen Tanz –
dem Sonnentanz.

Chief Standing Bear

Freudengesang des Tsoai-Tallee

Ich bin eine Feder am hellen Himmel.

Ich bin das blaue Pferd, das über die Ebene jagt.

Ich bin der Fisch, der glänzt und sich im Wasser tummelt.

Ich bin der Schatten, der einem Kinde folgt.

Ich bin das Abendlicht – die Wonne der Wiesen.

Ich bin ein Adler, der mit dem Winde spielt.

Ich bin eine Traube aus strahlenden Tropfen.

Ich bin der fernste Stern.

Ich bin die Kühle des Morgens.

Ich bin das Tosen des Regens.

Ich bin das Glitzern auf dem verharschten Schnee.

Ich bin die lange Spur des Mondes auf dem See.

Ich bin eine Flamme aus vier Farben.

Ich bin das Reh, dessen Bild sich im Dämmerlicht
  des Abends verliert.

Ich bin der Winkel im Flug der Wildgänse
  am winterlichen Himmel.

Ich bin der Hunger des jungen Wolfes.

  Ich bin der umfassende Traum dieser Dinge.

Verstehst du – ich lebe, ich lebe.

Ich stehe in guter Beziehung zur Erde.

Ich stehe in guter Beziehung zu den Göttern.

Ich stehe in guter Beziehung zu allem, was schön ist.

Verstehst du – ich lebe.

ICH LEBE   *N. Scott Momaday, Kiowa*

Ihr die ihr den Regen bringt

kommt von allen Seiten
    damit Wasser die Erde bedecken

Bedeckt das Herz der Erde
    damit alle Samen aufgehen
    damit meine Kinder zu essen haben
       und glücklich sind
    damit die Menschen draußen in den Dörfern
       lachen und fröhlich sind
    damit die heranwachsenden Kinder
       zu essen haben und glücklich sind
    damit wir alle Arten von Früchten haben
       und die Dinge die gut sind
    damit wir den heiligen Atem des Lebens
       atmen können
    damit unsere Väter und Mütter
       uns glückliche Tage bringen

Laßt unsere Kinder leben und glücklich sein

Sendet uns euren Atem über die Wasser
    damit unsere große Welt schön wird
    und unser Volk leben kann.

Gebet bei einem Regenritus der Zuni-Pueblo-Indianer

Die Idee hinter einer Regen-Zeremonie (und anderen Fruchtbarkeitszeremonien) ist nicht direkt der Regen, der tatsächlich gewünscht wird, sondern es ist in Wirklichkeit die Wiedereinsetzung der ursprünglichen Ordnung der Welt, die durch Schönheit und Harmonie … charakterisiert war. Dieser Zustand sichert dann eine gute Ernte, schöne Blumen und gesundes Vieh.
Dafür ist eine gute und richtige Beziehung zwischen Erde und Himmel notwendig.
Regen ist dann der Mittler und der sichtbare Beweis für diese richtige Beziehung zwischen Erde und Himmel.

Sam D. Gill

In Beauty

As brothers
the universe is our home
and in it we walk
with beauty in our minds,
with beauty in our hearts,
and with beauty in our steps.

In beauty we were born;
in beauty we are living;
in beauty we will die;
in beauty we will be finished.

In Schönheit, Ordnung und Harmonie

Uns
als Brüdern und Schwestern
ist das Universum Heimat
und in ihm bewegen wir uns
mit Schönheit, Ordnung und Harmonie in unseren Seelen,
mit Schönheit, Ordnung und Harmonie in unseren Herzen
und
mit Schönheit, Ordnung und Harmonie in unseren Schritten.

In Schönheit, Ordnung und Harmonie wurden wir geboren;
in Schönheit, Ordnung und Harmonie leben wir;
in Schönheit, Ordnung und Harmonie werden wir sterben;
in Schönheit, Ordnung und Harmonie werden wir vollendet sein.

Navajo

77

Hopi-Tanzzeremonie

Hopirituale ... vereinigen die Willenskraft und die geistigen Energien des Menschen mit den inneren Organismen und Empfänglichkeiten aller Schöpfung.

Diese Zeremonien sind es, mit denen der Hopi die Harmonie in seiner Umwelt erhält und erneuert ...

Es war eine seltsame, staunenerregende und überwältigende Szene:

Plötzlich traten die Männer ans Tageslicht, heraus aus der Erde, heraus aus ihren unterirdischen Tempeln. Harmonisch und in tiefer Konzentration bewegten sie sich auf und nieder und stampften zu einem gleichmäßigen Takt mit gebeugten Knien auf den Boden.

Mit ihren nach oben gerichteten Gesten zogen sie symbolisch die Nährstoffe aus der Erde in die Getreideschößlinge.

Danach schütteten sie bei verändertem Rhythmus mit erhobenen Köpfen symbolisch Regen vom Himmel, um das Wachsen des Getreides zu unterstützen.

In dieser Weise tanzten sie Stunde um Stunde, ohne in ihren Kräften nachzulassen, nur unterbrochen von wenigen Pausen.

Ihr Wollen und ihre geistigen Energien schienen sich miteinander und mit der ganzen Schöpfung zu vereinen.

Es war eine Art der Andacht, wie ich sie bis dahin noch nie erlebt hatte ... es war geistige und gemeinschaftliche Energie, die sich selbst zur Entäußerung zwang.

Die Tänzer bewegten und dirigierten die Lebenskräfte, die dem Menschen und aller Schöpfung innewohnen.

Gary Witherspoon über eine Tanzzeremonie der Hopi-Indianer

Die Lieder der Erde

Alle Geschöpfe, die leben, sind ihre Lieder.

Alle Geschöpfe, die sterben, sind ihre Lieder.

Die Winde, die vorüberwehen, sind ihre Lieder.

Sie möchte, daß du all ihre Lieder singst.

Aus dem Lied der wilden Rose der Dakota-Indianer

Der Heilige Baum

Der heilige Baum wird in der Mitte niedergesetzt. Wir pflanzen ihn in die Erde
…

Dieser Baum ist der Mittelpunkt des lebendigen Universums. Er enthält die Kraft der Welt. Er steht im Mittelpunkt der vier Himmelsrichtungen. Der Osten bringt Frieden und Licht; der Süden bringt Wärme; der Westen bringt Regen; der Norden bringt Kraft und Ausdauer.

Der Himmel ist der große Kreis, der uns umgibt. Die Erde ist der Kreis, der uns unterstützt. Die Sonne kommt und geht in einem großen Kreis – gerade so wie unser Leben.

Alles im Leben ist ein großer Kreis; die Zelte sind rund wie die Nester der Vögel – sie schützen unsere Kinder, die die Wächter unserer Unsterblichkeit sind. Und wir unsererseits ruhen in der Umarmung der Mutter Erde, die – rund wie sie ist – uns mit der Fruchtbarkeit des Lebens versorgt.

Karl A. Hammerschlag; S. 149 f.

Traditionelle oder christliche Religion

Bevor die Kinder zu den Missionaren kamen, hatten sie sechs, acht oder mehr Jahre lang die Mythen ihres Volkes gehört und hatten die kleinen Rituale des täglichen Lebens gesehen, sogar daran teilgenommen. Wenn sie krank waren, waren Heilungszeremonien an ihnen vollzogen worden. Mit ihren Familien waren sie zu öffentlichen Ritualen gegangen, welche die ganze Nacht hindurch währten. Im Schein großer Feuer hatten dort die Tänzer, die maskiert waren, gesungen, getanzt und gerufen, um die göttlichen Wesen nachzuahmen.

Diese Bilder sowie die Ängste und Aufregungen, die sie begleiteten, hatte das Unterbewußtsein der Kinder in sich aufgenommen – lange bevor sie sich von dem, was sie sahen, distanzieren oder es mit ihrem Verstand begreifen konnten.

Alles dieses hatte sie im tiefsten Inneren geprägt, so daß die später folgenden christlichen Bilder diese Prägungen nicht mehr ersetzen oder ändern konnten. Alles, was die weiße Kultur später noch vermochte, war nur ein dünner äußerer Anstrich. Dieser platzte ganz schnell wieder ab, wenn die Menschen Gelegenheit hatten, in ihre überlieferten religiösen Emotionen von neuem einzutauchen.

Kluckhohn/Leighton, The Navajo; S. 84

All–Seele

Everything has a spirit
and must therefore be treated
with respect.

Alles hat eine Seele
und muß deshalb mit Achtung
behandelt werden.

Catherine Attla, Indianerin aus Huslia, Alaska

Sünden

There are sins against nature
as against man.
Morality extends to all the world.
Respect towards everything
is the necessary attitude.

Es gibt ebenso Sünden gegen die Natur
wie Sünden gegen den Menschen.
Moralität erstreckt sich also auf die ganze Welt.
Achtung gegenüber allem
ist die notwendige Einstellung.

Catherine Attla

.

Kinder und junge Menschen

Einführende Gedanken

Es hat mich immer besonders interessiert, indianische Kinder zu fotografieren. In ihrer Neugier, Unbefangenheit und Aufgeschlossenheit schienen sie einen leichteren Zugang zu »Indianischen Ansichten« zu ermöglichen als Erwachsene. Dabei boten sich für diesen Band mehrfach kleine Bildsequenzen an, hinter denen sich wiederum kleine Geschichten verbergen.

Da war etwa das Pueblo-Mädchen Felina. Zusammen mit zwei weißen Jungen tollte es in den Straßen von Santa Fe herum. Die Unbefangenheit im Spiel und im Umgang der drei Kinder miteinander war grenzenlos, die Freude der Jungen an dem schönen rot-braunen Mädchen war ansteckend. Und ebenso unbefangen stellten sie sich der Kamera, als sie mein Interesse bemerkten. Felinas Ausgelassenheit war so groß, daß sie mir und meiner Frau zurief: »I can do the cartwheel – I can do it with one hand« (»ich kann radschlagen – sogar mit einer Hand«). Sofort machte sie uns ihre Kunststücke vor. Als sie dann aber feststellte, daß mein fotografisches Interesse vor allem ihr persönlich galt, huschte ein leichter Ausdruck von Befangenheit über ihr frohes, freundliches und offenes Gesicht. Die Bilder dokumentieren diese Stimmungen.

Eine andere kleine Geschichte verbindet sich mit dem Hopi-Mädchen Donica Lomayaktewa und ihren drei Geschwistern. Ich lernte die vier Kinder 1987 auf der Reservation kennen, als ich im Dorf Kykotsmovi direkt neben ihrer Unterkunft Quartier bezogen hatte. Sie besuchten mich häufiger und brachten mir einige Wörter der Hopi-Sprache bei, während ich ihnen deutsche Volkslieder auf der Mundharmonika vorspielte. Sie plauderten auch gerne aus der Schule.

Wenn sie miteinander spielten, sprachen sie Hopi, nicht Englisch. Dieses wurde von den Erwachsenen der Nachbarschaft als ein großer Vorzug dieser Kinder herausgestellt, da ganz allgemein auf der Hopi-Reservation die englische Sprache immer mehr zur ersten Sprache der Hopi-Kinder wird. Das älteste der Geschwister, der einzige Junge, war mit seinen elf Jahren schon in einen religiösen Bund initiiert worden und hatte bereits an Kachina-Tänzen aktiv teilgenommen. Alle Kinder machten einen hervorragenden, unverkrampften Eindruck; die älteren Geschwister sorgten liebevoll für die jüngeren; zugleich waren sie aufgeschlossen und interessiert an allem, was ich ihnen aus der fernen Welt erzählen konnte.

Natürlich wollte ich die Kinder bei meinem nächsten Besuch auf der Reservation wiedersehen. Sechs Jahre waren inzwischen vergangen; ich hatte ihnen gelegentlich geschrieben und ihnen einige Aufnahmen geschickt, doch nie eine Antwort von ihnen erhalten (wie man es bei Indianern immer wieder erlebt). Vor allem interessierte mich, was aus Donica geworden war, der glücklichen Achtjährigen von 1987, mit der ich die meisten Gespräche gehabt hatte.

Doch eine Begegnung erwies sich 1993 als fast unmöglich: Die Familie wohnte nicht mehr im Dorf Kykotsmovi. Im Nachbardorf, an das man uns verwiesen hatte, fanden wir nur den älteren Bruder, der bei seiner Großmutter lebte. Er hatte sich seinen Kopf kahlscheren lassen wie ein buddhistischer Mönch, war nun auch viel verschlossener als sechs Jahre früher; jedoch war er zu einem längeren Gespräch schließlich bereit und erzählte von seiner tiefen Verankerung in der Religion, der Kultur und der gesamten Lebensführung der Hopi. Er hatte die High School abgeschlossen, wollte nun ein College fern der Heimat (im Staat Kansas) besuchen, danach aber auf jeden Fall zur Reservation zurückkehren und für sein Volk arbeiten.

Wo waren seine Schwestern? Sie lebten nicht mehr auf der Reservation. Nachdem der Vater bei einem Verkehrsunfall zu Tode gekommen war, war die Mutter mit den Töchtern in die Kleinstadt Winslow jenseits der Reservationsgrenzen gezogen, um dort einer Fabrikarbeit nachgehen und die Kinder ernähren zu können.

Mit viel Mühe gelang es uns, die Wohnung der Mädchen (und ihrer Mutter) in einem kleinen Neubaugebiet für Hopi-Indianer am Rand der Stadt ausfindig zu machen. Die Mädchen waren kaum wiederzuerkennen; vor allem Donica war verschlossen, in sich gekehrt und voll tiefer Trauer. Der Tod des Vaters, der Verlust der sozialen Wärme auf der Reservation, die Eingewöhnung in eine sterile und fremde Umwelt und sicherlich auch die Schwierigkeiten der Pubertät hatten aus einem glücklichen Kind ein unglückliches junges Mädchen werden lassen. – Geradezu typisch für das Schicksal von Hopi-Kindern ist an diesem Beispiel der plötzliche Tod eines nahen Verwandten – vor allem infolge eines der zahlreichen Verkehrsunfälle – und die plötzliche Entwurzelung durch den Verlust alter sozialer, kultureller und religiöser Bindungen wegen des Verlassens der Reservation. Die Bilder lassen dieses leider nicht seltene Schicksal erahnen.

Doch auch bei Kindern findet man natürlich keineswegs immer Aufgeschlossenheit und freundliche Neugier, wenn man ihnen als Fremder und Weißer begegnet. Das Navajo-Mädchen Joanna Smith verkaufte mit seiner Schwester Tilda am Südrand des

Canyon de Chelly den von ihren Eltern gefertigten Schmuck. In einem längeren Gespräch erzählte mir Tilda von ihrem Leben, von der Schule, von ihren Berufszielen – und fragte dann auch mich sehr offen nach Beruf, Frau und Kindern. Unterdessen hielt die kleinere Joanna immer einen kritischen Abstand zu ihrer Schwester und zu mir, nahm nicht ein einziges Mal am Gespräch teil, schaute mich wiederholt kritisch aus den Augenwinkeln an und versuchte, sich allein zu beschäftigen. Als ich fragte, ob ich sie fotografieren dürfe, war Tilda sofort einverstanden. Joanna nickte zwar kurz, ließ dann aber ihre ganze Abwehr und Skepsis mir gegenüber »bildlich« zum Ausdruck kommen.

Eine kritische und distanzierte Einstellung zu uns Weißen wird ganz offensichtlich in sehr vielen Indianer-Familien von den Eltern an die Kinder weitergegeben – auch dann, wenn man mit diesen Weißen gern Geschäfte machen möchte.

Aber wer von uns hat das Recht, sich über diese kritische Distanz zu wundern oder zu entrüsten!

Wo auch immer meine Kinder

ihre Heimstatt gefunden haben –
von dort her mögen ihre Wege
in Sicherheit kommen.

Mögen die Bäume
und die Büsche
die mit Saft gefüllten Zweige ausstrecken
und ihre Herzen beschützen.

Mögen ihre Wege in Sicherheit sein.
Mögen ihre Wege sich erfüllen.

Zuni-Gebet

Wenn du meine Kinder siehst, so habe Achtung vor jedem von ihnen, so wie es
ist. Jedes ist Kind unseres Vaters und dein Bruder, deine Schwester. Ich glaube,
darauf läuft letzten Endes alles hinaus.

Chief Dan George

Spruch eines Kindes

Die Augen des Adlers sind in mir
und die Sanftheit des Hasen.

Die Schnelligkeit des Hirsches ist in meinen Beinen
und die Süße des Ahornzuckers in meinem Munde.

Die Zähigkeit des Bären ist in mir,
und die Farbe des Goldfasanen ist in meiner Haut.

Der Ruf des Haubentauchers ist auf meiner Zunge,
und der Schrei des Rebhuhns schlägt in meinen Händen.

    Auch die Stille der Pinien ist in mir.

Chippewa

Gedicht für den Geburtstag eines Kindes

… Liebe dich selbst, wie es recht und angemessen ist.
Liebe deine Kinder und liebe deine Verwandten.
Liebe die Mütter deiner Kinder.
Liebe alle kleinen Dinge.
Liebe die großen Dinge.
Liebe die Dinge in der Art und Weise,
wie man sie lieben sollte.
Sei stark, bescheiden und klar in deiner visionären Kraft.
Gib dich nicht närrischen Träumereien hin,
so daß du nicht die Wirklichkeit aus den Augen verlierst,
die in Träumen steckt.
Träume sind Weichen und Wege,
welche dich durch die Wirklichkeit aller Tage leiten,
die du durchschreiten wirst.

Glaube daran,
daß die Dinge gut enden werden für dich.
Glaube daran,
daß die Dinge gut enden werden für alle Dinge.
Glaube daran,
daß Hoffnung sinnvoll ist,
auch wenn sie manchmal sinnlos erscheint.

Glaube, o Mensch, o Gott!
Glaube!

Aus: »A Birthday Kid Poem« von Simon J. Ortiz; A Good Journey; S. 80

Was ich meinem Sohn sage

Ich nehme meinen Sohn mit nach draußen
und zeige ihm einen Baum.
Lasse ihn die Blätter berühren.
Dies ist ein Blatt, siehst du.
Es ist grün, es hat Linien
und so ist es geformt.

Berühre es.

Er berührt das Blatt.
Der Zweig erzittert unter seiner Berührung.
Kleine, stramme Hände greifen heftig
  und vorsichtig
nach dem, was ich ihm zeige.

Ich lasse ihn
barfuß
auf dem Boden stehen.
Fühl die Erde! Braune Erde und Kies!
Fester Lehm!
Darin wachsen Pflanzen nicht gut.
Da muß man Sand haben
  und Blätter, Stäbchen, Dünger.
Dann werden Pflanzen auf ihm wachsen.

  Das ist es, was ich ihm sage.

Simon J. Ortiz

Pueblo Segensspruch

ueblo blessing

Little one, enjoy life as you go along.
Live to be very old and have good health
    all during your lifetime.
At the end of your life, go without sickness;
    just fall asleep.
Always have cornmeal, your food which the
    earth mother will give you all your life.

Maria Levy, Hopi-Pueblo

Anleitung für ein Pueblo-Kind

Instructions to
A Pueblo Child

Stand for what is right.
Work hard.
Share. No one lives on his
own power; by ourselves
we are nothing.

Maria Levy, Hopi-Pueblo

Teil der Natur

Der Berg –
ich werde zu einem Teil von ihm.

Die Kräuter, die Fichte –
ich werde zu einem Teil von ihnen.

Die Morgennebel,
    die Wolken, die zusammenströmenden Wasser –
ich werde zu einem Teil von ihnen.

Die Sonne,
    die über die Erde gleitet –
ich werde zu einem Teil von ihr.

Die Wildnis,
    der Tautropfen,
        der Blütenstaub –
ich werde zu einem Teil von ihnen.

Navajo

Sprechen

Ich nehme ihn nach draußen
unter die Bäume
stelle ihn auf die Erde.
Wir hören auf die Grillen,
die Zikaden,
ein Laut, der Millionen Jahre alt ist.
Ameisen kommen vorbei.
Ich sage ihnen,
»Dies ist er, mein Sohn,
dieser Junge schaut euch an.
Ich spreche für ihn«.

Die Grillen, die Zikaden,
die Ameisen, die Millionen Jahre
beobachten,
hören uns.
Mein Sohn murmelt Kinderworte.
Sprechen, kleines Lachen
sprudelt aus seinem Munde hervor.
Blätter der Bäume erzittern.
Sie lauschen auf diesen Jungen,
da er für mich spricht.

Simon J. Ortiz, A Good Journey; S. 52

Ein kleines Kind

Schöne, außergewöhnliche, schwarze Augen,
    gesäumt mit langen, welligen Wimpern,
    die mich an die Gänseblümchen erinnern,
       die um es herum wachsen.

Es schaut mich an,
weit vor Wunder,
Wunder über die grenzenlose Schönheit

    der Erdenschöpfung.

Alberta Nofchissey

Achtung vor den älteren Menschen

Es wird eine neue Generation von Kindern kommen, eine nach der anderen.
Wenn ihr älter werdet, werdet ihr Dinge kennenlernen; gute Dinge werden zu
euch kommen.

Ihr müßt den Menschen zuhören; denkt nach; hört zu; dann werdet ihr glücklich
sein; dann werdet ihr stark sein.

Alle diese Dinge sind seit dem Beginn der Zeiten so abgelaufen.

Wenn ihr eine alte Frau oder einen alten Mann seht, so seid gut zu ihnen, helft
ihnen.

Von Anfang an kennt ihr eure Verwandten, seht ihr eure Verwandten, hört ihnen
zu, helft ihnen … Wir sind noch zusammen, wir sind noch hier, wir sind hier
noch alle beieinander … Wir sind wie eine Person.

Ralph Cameron; in: Hinton/Watahomigie, Spirit Mountain; S. 263

Gefühl der Zugehörigkeit

Pueblo-Menschen, zum Beispiel
und Navajos mit denen ich aufwuchs –
sie leben nicht *auf* dem Land;
sie leben in Wirklichkeit *in* ihm.

Das ist für mich sehr wichtig.

Und soweit es in meiner Macht steht
versuche ich

      dieses Gefühl der Zugehörigkeit zur Erde
      zu beschwören.

N. Scott Momaday, Kiowa-Indianer

Braunes Kind des roten Sandes

Meine Mutter sagte immer zu mir:
    Braunes Kind des roten Sandes,
    wasche deine Füße
        bei den Blumen im Fluß.

    Dann steig
    hoch auf die Felsen
    und mit deinem Strahlen
    laß die Sterne verblassen.

Anita Endrezze-Probst

Ratschlag eines Pueblo-Indianers für ein Kind

Lerne, gutes Brot zu machen,
sei achtsam und geduldig in allem, was du tust.
Fühle, was du tust,
sei sanft beim Kneten
und koste das Ergebnis.

Genieße deine Zeit als Kind,
horch auf die Geräusche,
laß dich begeistern von überraschenden Anblicken,
doch sei nicht unangemessen streng
dir selbst oder anderen gegenüber.

Bete –
nach welcher Art auch immer,
doch immer in Lauterkeit und Demut.

Lache, Kind,
lern zu lachen und erlaube dir zu lachen,
immer als ein glückliches Kind
mit redlichen und schönen Dingen.

Lerne es, Traurigkeit zu erkennen,
die kleinen und großen Tragödien,
und wie man sie meistert,
indem man sie in der richtigen Perspektive sicht.
So wirst du das, was dein ist,
richtig zu schätzen wissen.

Achte deine Eltern, deine Brüder und Schwestern,
alle deine Verwandten, Freunde,
und am meisten dich selbst,
– lern dieses gut.

Dies ist nicht alles –
bestimmt nicht alles,
weil es so viel mehr gibt.
Und du wirst auch das lernen.

Simon J. Ortiz, A Good Journey; S. 66

113

Mutter Erde

Wir müssen auf die Natur dieser Erde lauschen. Wir müssen hören, was sie zu sagen hat. Denn ohne jene zwei kann niemand hier auf Erden leben: den Vater, der der Schöpfer ist, und die Mutter, die die Kinder trägt.

Und wie man aus dem Inneren der eigenen Mutter kommt, so kommen wir aus dem Inneren dieser Erde, unserer Mutter. Und wie man seine Mutter liebt, sie beschützen möchte, ihr Dankbarkeit zeigen möchte, weil sie uns an ihrer Brust nährt und über uns wacht, bis man die Kraft hat, hinauszugehen und für sich selbst zu sorgen: In gleicher Weise sehen wir auf diese Erde. Wir haben das gleiche Gefühl ihr gegenüber. Wir lieben diese Erde, wie wir unsere leibliche Mutter lieben. Denn es ist doch wahr, daß sie uns Nahrung und Schutz bietet. Und wenn wir die Erde zerstören oder sie ohne Respekt behandeln, dann zeigen wir auch keinen Respekt gegenüber unserer Mutter.

Joe Lafferty, For the Children; Akwesasne Notes, Dec. 1977, S. 10

Indianische Identität

Einführende Gedanken

Die hier gewählte Kapitelüberschrift »Indianische Identität« ist natürlich recht unbestimmt und kann je nach dem Verständnis der Lesenden alles mögliche zum Inhalt haben. Dennoch ist hier kein Jahrmarkt indianischer Beliebigkeiten gemeint. Nicht zufällige, willkürliche und unverbindliche Erscheinungen indianischen Lebens habe ich an dieser Stelle zusammengestellt; vielmehr geht es mir bei aller Unbestimmtheit des Begriffes doch um eine gewisse Allgemeingültigkeit, also um kennzeichnende und nach Möglichkeit typische Phänomene indianischer Wirklichkeit im heutigen Nordamerika. Dabei stehen spirituelle, weltanschauliche und künstlerische Aspekte im Vordergrund, nicht politische, soziale und wirtschaftliche – entsprechend der Anlage und Intention dieses Buches.

Zum künstlerischen und kunsthandwerklichen Bereich gehört vor allem die Töpferei, die von den meisten Indianervölkern seit Jahrhunderten oder Jahrtausenden intensiv und mit sehr viel Geschick, Fantasie und Einsatz betrieben wird. Vorbildlich sind vor allem die Töpferinnen der Pueblo-Indianer, aus deren Kultur auch das hier gewählte Beispiel stammt. – Neben dem Töpfern gehören zu den traditionellen und sehr überzeugenden kunsthandwerklichen Leistungen auch das Korbflechten, das Weben und die Kunst des Gold- und Silberschmiedens.

Eine besondere Rolle innerhalb des künstlerischen und des spirituell-medizinischen Bereiches kommt den Sandgemälden der Navajo-Indianer zu. Diese sogenannten »sand paintings« stellen nicht nur kleine Kunstwerke – Mandalas indianischer Weltdeutung – dar. Sie haben auch eine wichtige Funktion bei den durchaus noch lebendigen Heilungszeremonien von Medizinmännern und -frauen der Navajo.

Die in diesen Sandgemälden dargestellten Figuren der Navajo sind Repräsentanten ihrer heiligen Wesen, der sogenannten Yeis: Sie haben am Anfang der Zeiten diese Welt als eine vollkommene erschaffen. Durch ihre erneute Vergegenwärtigung in Sandgemälden wird die Welt wiederum als eine vollkommene vorgestellt und die ursprüngliche Kraft der heiligen Wesen herbeigerufen.

Indem der Kranke dann auf dieses vom Medizinmann geschaffene heilige Bild gelegt wird, erlangt er eine vorübergehende Vereinigung mit den dort vergegenwärtigten übernatürlichen Wesenheiten. Diese Vereinigung nimmt die Krankheit aus seinem Leibe und läßt ihn so gesunden. Dazu singt der Medizinmann heilige Texte, welche die Schönheit, Ordnung und Harmonie der Welt (»beauty«, auf Navajo »hózhó«) beschwören. Dadurch wird die richtige Balance in diesem Menschen wiederhergestellt; denn letztlich sind jede Krankheit, jeder Krieg, jedes Unglück ein Verlust des rechten Gleichgewichts, also der Balance zwischen den verschiedenen das Universum konstituierenden Kräften.

Eine weitere kurze Bildsequenz in diesem Abschnitt versucht, traditionelle indianische Wohnformen im Gegensatz zu euroamerikanischem Hausbau zu sehen: Einpassung in die Natur im Gegensatz zur Herrschaft über die Natur. Das für amerikanisches Bauen hier gewählte Beispiel ist die nahe der Navajo-Reservation gelegene Stadt Gallup – bekanntermaßen keine Perle amerikanischen Städtebaus, aber auch keineswegs untypisch für amerikanische Kleinstädte.

Eine andere Bildsequenz versucht schließlich, ähnliche Formen und Gestalten in der Natur und im Menschen aufzuweisen: Wirbel- und Spiralbildungen im Stein, im Holz und im menschlichen Antlitz. Das bei Indianern so oft zum Ausdruck kommende Bewußtsein, sich mit der Natur in besonderer Weise identisch zu wissen, soll hier einmal versuchsweise bildlich dargestellt werden.

Daß heutige Indianer in den Vereinigten Staaten sich nicht nur als eine unterdrückte Minderheit verstehen, sondern auch immer wieder versuchen, ihre Souveränität zu demonstrieren, zeigen Schilder, die von ihnen am Eingang einer Reservation, eines Dorfes oder bei zentralen Verwaltungsgebäuden aufgestellt worden sind. Allerdings ist das Schild, das jedem Weißen den Zugang zu dem Hopi-Dorf Oraibi untersagte, inzwischen verschwunden. Mir selbst wurde aber noch Anfang der achtziger Jahre der Zutritt zum Dorf mit Hinweis auf dieses Schild verwehrt.

Das Bild ist jedenfalls ein eindrucksvolles Dokument für eine bestimmte, bei manchen Hopi auch heute noch anzutreffende Einstellung uns Weißen gegenüber.

Erst in den letzten Jahren wurde allerdings im Hopi-Dorf Polacca das Schild aufgestellt, das mit den Worten »O Mother Earth …« beginnt und traditionelles

Hopi-Denken zu verkünden sucht. Eindrucksvoll ist für uns aber nicht nur der sehr heile und ideale Text dieses Schildes, mit dem einige Hopi heute ihre tradierte Lebensauffassung demonstrieren wollen; eindrucksvoll ist vielmehr auch die Tatsache, daß jemand unter diesen Text die Worte gesprüht hat: »Who gives a fuck« (= »Wer kümmert sich einen Dreck darum«). An solch einem Beispiel wird von den Hopi selbst ihr ganzer Zwiespalt demonstriert: der Zwiespalt zwischen gewolltem Festhalten an tradierten Werten und Normen – und der Überzeugung, daß diese Werte und Normen heute auch bei vielen Hopi keine Gültigkeit mehr haben. Ein Blick auf die gespaltene Identität heutiger nordamerikanischer Indianer.

Es strömt aus von der Frau

Es strömt aus von der Frau
  Schönheit strömt aus
  von der hinteren Ecke meines Hogan
Es strömt aus von der Frau
  Schönheit strömt aus
  von der Mitte meines Hogan
Es strömt aus von der Frau
  Schönheit strömt aus
  vom Feuerplatz meines Hogan
Es strömt aus von der Frau
  Schönheit strömt aus
  von der Schwelle meines Hogan
Es strömt aus von der Frau
  Schönheit strömt aus
  von der Umgebung meines Hogan
Es strömt aus von der Frau
  Schönheit strahlt aus
  in jede Richtung

Ja so ist es

Lied aus einem traditionellen Navajo-Segensritual

Die heilige Spur meines Fußes

Ich habe die Spur meines Fußes hinterlassen
    eine heilige Spur
Ich habe die Spur meines Fußes hinterlassen
    durch sie dringen die Halme nach oben
Ich habe die Spur meines Fußes hinterlassen
    durch sie leuchten die Halme
Ich habe die Spur meines Fußes hinterlassen
    über ihr wogen die Halme im Wind
Ich habe die Spur meines Fußes hinterlassen
    über ihr neigen sich die Ähren einander zu
Ich habe die Spur meines Fußes hinterlassen
    über ihr beuge ich den Halm
    um die Ähre zu pflücken
Ich habe die Spur meines Fußes hinterlassen
    über ihr liegen die Blüten
    blaß und farblos
Ich habe die Spur meines Fußes hinterlassen
    Rauch steigt auf aus meinem Hause
Ich habe die Spur meines Fußes hinterlassen
    Freude herrscht in meinem Haus
Ich habe die Spur meines Fußes hinterlassen
    ich lebe im Licht des Tages.

Pflanzlied der Osage

Dieses Pflanzlied ist nicht ein Arbeitslied, sondern wird am Ende der Initiations-
riten gesungen, an denen Frauen teilnehmen.
Die Frau ist diejenige, die den Mais pflanzt, hegt und erntet und diese kleine
Szene soll die wichtige Rolle zum Ausdruck bringen, welche die Frau im Drama
des Lebens spielt.

La Flesche

Ich bin der rote Mann

Ich bin der Rote Mann,
Sohn der Wälder, Berge und Seen.
Was nützt mir Asphalt,
was nützen mir Ziegel und Beton,
was nützt mir das Auto?
Denkst du, dies sind göttliche Gaben,
so daß ich in Demut dankbar sein sollte?

Ich bin der Rote Mann,
Sohn der Bäume, Hügel und Ströme.
Was nützen mir Porzellan und Kristall,
was nützen mir Gold und Diamant,
was nützt mir Geld?
Denkst du, diese sind vom Himmel gekommen,
so daß ich sie begierig annehmen sollte?

Ich bin der Rote Mann,
Sohn der Erde, des Wassers und des Himmels.
Was nützen mir Samt und Seide,
was nützen mir Nylon und Plastik,
was nützt mir deine Religion?
Glaubst du, diese sind heilig und geweiht,
so daß ich in Ehrfurcht niederknien sollte?

Ich bin der Rote Mann.
Ich schaue dich an, Weißer Bruder.
Und ich sage dir,
errette nicht mich von Sünde und Übel!
 Errette dich selbst.

Duke Redbird, Ojibwa-Indianer

Was es bedeutet, ein Maricopa zu sein

Ein Maricopa zu sein bedeutet, daß jeder von uns ein ererbtes Recht hat, sich an den Flüssen, Bergen, dem Wild und der Vegetation auf unserem Land zu erfreuen und davon zu leben. Ererbtes Recht bedeutet, daß unsere Vorfahren vom Schöpfer das Recht erhielten, auf diesem Land zu leben – lange bevor die Spanier oder andere Europäer jemals in dieses Land kamen. Unsere Vorfahren gaben dem Land, den Tieren, sogar dem Wetter und den Sternen am Himmel ihre Namen. Diese ursprünglichen Namen der Maricopa kamen von der Kommunikation, die zwischen den Maricopa und ihrem Schöpfer existierte …

Ein Maricopa zu sein bedeutet, daß wir unsere eigene Art von einheimischer Nahrung haben – einschließlich Wild, Haustiere, Gemüse, Vögel und Fische, die einmal unsere Flüsse bewohnten …

Ein Maricopa zu sein bedeutet, daß wir unsere eigene angestammte Religion haben, die sich entwickelte aus der Betrachtung der Natur und der Sterne am Himmel …

Ein Maricopa zu sein bedeutet, daß wir sowohl Familienbeziehungen haben und unterhalten als auch ein umfassendes Interesse an der weiteren Gemeinschaft. Es ist sehr wesentlich für das Wohlergehen aller Menschen, daß sie zu einem anderen Menschen oder zu einer Gruppe von Menschen gehören …

Ein Maricopa zu sein bedeutet, daß wir uns im Rahmen unserer Kultur Gedanken darüber machen, wer wir sind, woher wir kommen und wohin wir gehen … Wenn wir unsere Traditionen, unsere Werte, unsere Muttersprache und unser Land lieben und pflegen, dann wird diese Liebe uns sensibler dafür machen, wer wir sind. Dann werden wir auf dem Weg sein, daß wir verstehen und daß wir wahrhaftige Maricopa sind …

Ralph Cameron; in: Hinton/Watahomigie, Spirit Mountain; S.270 f.

Die Menschen sollen fortleben

Wir sind die Menschen dieses Landes.
Wir wurden aus den Mächten erschaffen,
aus den Sternen und dem Wasser.
Wir müssen dafür sorgen,
daß das Gleichgewicht der Erde erhalten bleibt.
Es gibt keinen anderen Weg.
Wir müssen kämpfen um unsere Leben.
Wir müssen sehr sorgsam miteinander umgehen.
Nichts ist getrennt von uns.
Wir sind eine Gemeinschaft von Menschen.
Wir müssen uns sehr bemühen,
um unser menschliches Leben miteinander zu teilen.
Wir müssen gegen jene Kräfte kämpfen,
die unsere Menschlichkeit von uns nehmen wollen.
Wir müssen dafür sorgen,
daß das Leben fortbesteht,
mit jener Menschlichkeit und der Kraft,
die aus unserer gemeinsamen Sorge um dieses Leben
erwächst.
Die Menschen sollen fortleben.

Simon J. Ortiz; Pueblo-Indianer Zentrum, Albuquerque, New Mexico, 1981

Was geschah mit dem Lied der Stille

– hier in der Stadt?

Ich möchte wieder dort draußen sein
und auf die Stille lauschen …

Diese komplizierte Welt geht über meine Kräfte.
Ich kann nicht klar denken.
Überall Lärm, Lärm, Lärm.
Kein Tag vergeht ohne Lärm.
Ich frage mich, ob dies die Hölle ist.

Jetzt wird es mir wieder klar:
Ein Indianer ist nicht für die Stadt geschaffen.
Er ist geschaffen für das ungezähmte Draußen.

132

Natur.
Das Land ist sein weiter offener Himmel.
Freiheit.
Indianer-sein bedeutet, mit der Natur eins sein.
Natürlich!

Hier in der Stadt
    ist man außerhalb dieser Welt.
Man fühlt sich,
    als wäre man gefangen
        in einem metallenen Käfig.

Und jeden Tag
    rücken die Stäbe
        ein bißchen näher.

Zu viele Menschen,
    jeder rennt und schiebt,
        Dummköpfe,
        die nach jeder Stelle drängen,
        wo noch Platz ist.

Am schlimmsten:
    Sie alle glauben, sie sind normal.

Ja, ich möchte wieder dort draußen sein,
    wo die Winde umhertollen
        und das Wild frei ist.

Ich möchte wieder einen klaren Kopf haben.
    O Gott, ich bitte nur darum:
Ich möchte auf die Stille lauschen,

    WIEDER GANZ WERDEN.

Silent Running

Ich bin

Ich bin ein Gefäß,
geformt
aus Schichten
von erfahrenem Leben.   *Nora Naranjo-Morse, Mud Woman; S. 15*

Diese Erde

Ich stehe in Ehrfurcht vor dieser Tonerde,
die mich mit Leidenschaft und Verwunderung erfüllt.
Diese Erde –
ich bin ein Teil von ihr geworden,
aus der ich auch selbst hervorgewachsen bin.

Nora Naranjo-Morse; Mud Woman; S. 24

Weite Reisen – kurze Reisen

Menschen und ihre Lebensformen wecken meine Neugier, geben mir Inspiration und bilden mich ohne Unterlaß.

Das reicht von Reisen über die Ozeane, wo ich andere Weltansichten kennenlernte, bis zu einem aufschlußreichen Gang zum benachbarten Lebensmittelgeschäft.

Weite Reisen haben mich gelehrt, meine eigene Tradition noch mehr zu schätzen.

Ich bin stolz auf meine kulturellen Wurzeln, ich teile sie mit anderen und empfange dabei meinerseits unvergeßliche Augenblicke, die mein Bewußtsein als ein menschliches Wesen nähren.

Nora Naranjo-Morse, Mud Woman; S. 12

Wenn die Tonerde singt

Indianer, die heute alte Tontöpfe oder Bruchstücke davon finden, sagen, daß alles seine eigene Seele hat – sogar ein zerbrochener Topf.

Sie sagen, die Tonerde erinnert sich an die Hände, die den Topf gemacht haben.

Erinnert sie sich auch an die Maisfelder?
– an den Regen im Sommer?
– an die Zeremonien, die das Leben zusammenhielten?

Man sagt, daß auch heute noch der Wind manchmal eines jener Lieder findet, die in der Tonerde des Topfes verborgen sind. Und der Wind hebt das Lied aus dem Topf und trägt es die Schlucht hinunter und über den Hügel.

Es ist ein leiser Laut und immer weit entfernt; aber – so sagen sie – manchmal können sie ihn hören.

Text im Haus von Joanna und Hans Gottlieb in Cubero, Neu-Mexiko

Der Geist des Topfes

Die alte Töpferin
spricht niemals laut
und singt oft sanft,
während sie ihre Tonwaren brennt –
aus Angst,
das neue Wesen
oder der Geist des Topfes
könnte beunruhigt werden
und,
bei dem Versuch zu fliehen,
den Topf zerbrechen.

H. G. Lockett

Lied des Gefährten in der Morgendämmerung

Im Haus des langen Lebens –
    dort gehe ich einher.
Im Haus des Glücks –
    dort gehe ich einher.

Schönheit vor mir –
    mit ihr gehe ich einher.
Schönheit hinter mir –
    mit ihr gehe ich einher.
Schönheit unter mir –
    mit ihr gehe ich einher.
Schönheit über mir –
    mit ihr gehe ich einher.
Schönheit um mich herum –
    mit ihr gehe ich einher.

Auf dem Pfade der Schönheit schreite ich –
    mit ihr gehe ich einher.

Navajo

Erbsünde und Gnade

Die Vorstellung von der Erbsünde lauert noch im Denken der Weißen. Doch dieser Gedanke, daß Kinder sündig geboren werden und erst mit Gewalt in die richtige Form gebracht werden müssen, fehlt völlig im Denken der Navajo.
Andererseits gehen Liberale unter den Weißen davon aus, daß menschliche Wesen durch Erziehung fast zur Vollkommenheit gebracht werden können. Sie meinen, daß nur Unwissenheit die Menschen daran hindert, nach ihrer vollen Einsicht zu handeln. – In ähnlicher Weise glauben wenigstens einige christliche Gruppierungen, daß Gnade ein ungeratenes Kind in einen Ausbund von Tugend verwandeln kann.
Die Auffassung der Navajo ist, daß alles Wissen und aller religiöser Eifer dieser Welt nicht mehr vermag, als das Verhältnis von gut und schlecht in einem bestimmten Menschen ein wenig zu verschieben.

Kluckhohn/Leighton, The Navajo; S. 230

Ein Gewand aus Licht

O unsere Mutter die Erde,
o unser Vater der Himmel.
Eure Kinder sind wir,
und mit müden Rücken bringen wir euch
die Geschenke, die ihr liebt.
Dann webt für uns ein Gewand aus Licht:
möge der Kettfaden
das weiße Licht des Morgens sein;
möge der Schußfaden
das rote Licht des Abends sein;
möge der Saum
der fallende Regen sein;
möge die Umsäumung
der stehende Regenbogen sein.
So webt für uns ein Gewand aus Licht,
auf daß wir angemessen gehen können,
wo die Vögel singen;
auf daß wir angemessen gehen können,
wo das Gras grün ist.
O unsere Mutter die Erde,
o unser Vater der Himmel.

Webstuhlgesang der Tewa-Pueblo

Die Schlangenlegende

Dieses Wandgemälde im Wachturm am Grand Canyon wurde von dem bekannten Hopi-Künstler Fred Kabotie um die Mitte dieses 20. Jahrhunderts angefertigt. Es stellt in vier Bildern die Hopi-Schlangenlegende dar und erklärt damit zugleich den Ursprung des Schlangentanzes.

Die Geschichte beginnt im oberen linken Bildausschnitt und geht dann im Uhrzeigersinn – oder entsprechend dem Lauf der Sonne – rechts herum weiter.

1. Bild:
Ein Häuptling der Hopi-Indianer gibt seinem Sohn Gebetsstäbe, bevor er ihn auf eine gefährliche Erkundungsfahrt in den Grand Canyon schickt. Der Sohn soll die legendären Schlangen-Wesenheiten finden, von denen man weiß, daß sie tief im Grand Canyon zuhause sind und daß sie Gewalt über den Regen haben. Dieser wird aber von den Hopi immer – und ganz besonders jetzt – benötigt. Zwischen Vater und Sohn erkennen wir einen unterirdischen Zeremonialraum, aus dem eine Leiter in den Himmel ragt.

2. Bild:
Das Boot des Sohnes des Häuptlings treibt zwischen stilisierten Canyonwänden den Coloradofluß hinunter. Wassertiere begleiten und beobachten die Fahrt des Mannes. Aus einer Wolke am Himmel strömt fruchtbringender Regen.

3. Bild:
Der Sohn des Häuptlings ist bei den Schlangen-Wesenheiten angekommen und erhält vom Schlangenpriester einen Bogen, das Symbol des Schlangenclans. So willkommen ist der junge Hopi dem Volk der Schlangen, daß ihm die Tochter des Schlangenpriesters zur Frau gegeben wird.

4. Bild:
Auf diesem letzten Bild sehen wir das junge Paar auf dem Rückweg ins Land der Hopi. Die Reise war erfolgreich: Nicht nur hat der junge Hopi seine junge Frau gewonnen, sondern es strömt auch der erbetene Regen aus dem Bogen, den er in seiner rechten Hand hält. Außerdem sehen wir sechs Wolken am Himmel; aus allen strömt der fruchtbringende Regen.

142

Der kleine Kreis im Zentrum des Bildes symbolisiert den Mittelpunkt des Universums; die vielfarbigen Bänder um das Bild herum symbolisieren Licht und Leben, die im Denken der Hopi identisch sind; die Stäbe rechts und links vom Bild symbolisieren die verschiedenen Menschenalter: den Eintritt des Menschen ins Universum, sein Wachstum von der Geburt zum Erwachsenenalter und schließlich sein Dahinschwinden beim Tod.

143

Der Kreis

Die Zyklen der Natur, die Fortdauer des Lebens und die Einheit der Menschen werden durch einen Kreis symbolisiert. Wir verstehen uns selbst als dieser Kreis-Tradition zugehörig: wir teilen diese Zugehörigkeit mit unseren Verwandten – mit Vater Himmel, Mutter Erde sowie den Pflanzen und Tieren, die uns am Leben erhalten.

Der Kreis verbindet alle Aspekte unserer Kultur miteinander: Die Religion, die soziale Organisation, den Umgang mit dem Land, die rituelle Sprache, die Gesetze, die Lebensart und die Kunst.

Alle diese formen unsere einmalige Identität.

Wandtext im Museum des »Institute of American Indian Art«
– IAIA – in Santa Fe, Neu-Mexiko

Mensch aus göttlichem Geist

Ich bin ein Mensch aus göttlichem Geist.
Mein Körper kommt von der Mutter Erde.
Warum ich zu leben begann,
kann ich nicht sagen.
Tatsache ist: Ich bin hier.

Es bedeutet mir etwas,
woher ich kam und wohin ich gehe.
Ich bete, daß ich mein Ziel finde,
einen Tempel auf geistigem Fundament,
auf daß mein Leben zu göttlicher Dauer strebt.

Ich bete zum Großen Geist
daß mein Leben sein Wohlgefallen findet,
daß mein Volk sein Wohlgefallen findet,
daß ich mich am Tage mühe
und in seiner Nacht ruhe
und daß ich das Ende in seiner Gnade erreiche.

Sioux

... da wird gelacht

Indianer lachen viel.

Und sie singen.

O ja, sie singen sehr gern.

Manchmal, wenn ein alter Mann zu Besuch kommt, sitzt er da im Wohnzimmer;
und auf einmal fängt er an zu singen, laut, mit geschlossenen Augen; aber richtig
laut und sein Kopf bewegt sich zu dem Lied.

Und in der Laube gibt es manchmal – sogar ziemlich oft – viele Leute und auch
viel zu essen.

Und sie alle singen.

Und manchmal gibt es da auch noch Trommeln.

Und es geht die ganze Nacht hindurch:

Das ist indianisch.

N. Scott Momaday, Kiowa

Lebenszeiten

In der Jugend zur Zeit der Abenddämmerung
Leuchtkäfer an meinen Fingern
in meiner Hand
ein glühender orange-roter Mond

Im Jugendalter
zur Zeit der Morgendämmerung
Tau in meinen Augen
An meinen Zehen feuchte Grasringel

Als erwachsene Frau zur Zeit des Mittags
Sonnenstrahlen auf meiner nackten Unschuld
und Sehnsucht nach den Flügeln
des roten Vogels

Im Alter zur Zeit des Zwielichts
überwirkliche Schatten auf meinem Gesicht
In meinem Herzen spüre ich
eine untergehende Sonne

Anna L. Walters, Pawnee-Otoe

Indianische Identität

Ich bin ein indianisches Selbst.
Geboren aus Sonne, Erde, Asche, blauem Regen.
Verschmolzen mit roter Erde,
aufgeborstenem Land,
Wasser,
endlosem Leben.

Text in der Eingangshalle des Museums des
Institute of American Indian Art – IAIA – in Santa Fe, Neu-Mexiko

Leben

ist mein echter Besitz.
Die Ewigkeit dieses Augenblicks,
  dieses Raumes,
  dieses Gefühls.

Ein sanfter Ton kommt von diesen heiligen Hügeln,
Wäldern,
Seen.

Spricht von einer heiligen Art zu leben,
dem Weg des Friedens,
einem Licht, das über unserer Mutter Erde aufgeht
und allen Geschöpfen Freiheit bringt;

so daß sie sehen
  Leben ist ewig.

Komm mit mir und tanze,
sei du selbst und versuche es zu sehen –

  DAS LEBEN.

Gebet einer Hopi-Frau

In Schönheit

In Schönheit möge ich wandeln.
Den ganzen Tag möge ich wandeln.
Durch die wiederkehrenden Jahreszeiten möge ich wandeln.
In Schönheit werde ich wiederum besitzen …
Auf dem mit Pollen gekennzeichneten Pfad möge ich wandeln.
Mit den Graßhüpfern um meine Füße möge ich wandeln.
Mit dem Morgentau um meine Füße möge ich wandeln.
In Schönheit möge ich wandeln.
Mit Schönheit vor mir möge ich wandeln.
Mit Schönheit hinter mir möge ich wandeln.
Mit Schönheit über mir möge ich wandeln.
Mit Schönheit um mich herum möge ich wandeln.
Im hohen Alter,
auf einem Pfad der Schönheit schreitend,
möge ich wandeln.
Es ist vollendet in Schönheit.
Es ist vollendet in Schönheit.

Lied aus der Nachtgesang-Zeremonie (Night Chant) der Navajo
(Text im Chaco Canyon, 1987)

WARNING   WARNING
NO OUTSIDE WHITE VISITORS
ALLOWED.. BECAUSE OF YOU
FAILURE TO OBEY THE LAWS
OF OUR TRIBE AS WELL AS
LAWS OF YOUR OWN, THIS
VILLAGE IS HEREBY CLOSED..

Bekannmachung

Sie betreten das ausschließliche Gebiet der Hopi-Reservation. Ihr Zutritt bedeutet eine Zustimmung zur Jurisdiktion des Hopi-Stammes und seiner Gerichte.

Im Auftrag des Hopi-Stammesrates

Warnung! Warnung!

Kein von außen kommender weißer Besucher ist zugelassen …
Weil Ihr es unterlaßt, den Gesetzen unseres Stammes zu gehorchen oder auch Eueren eigenen Gesetzen, deshalb ist dieses Dorf hiermit geschlossen …

Willkommen in Kykotsmovi

Bitte respektieren Sie unsere private Atmosphäre und fügen Sie sich unseren Anordnungen!

Absolut NICHT erlaubt sind

1. Fotografieren;
2. Tonaufnahmen;
3. Wandern auf Fußwegen;
4. Fortschaffen von Gegenständen;
5. Anfertigen von Skizzen.

Sie sind willkommen, mit gebührender Zurückhaltung bei bestimmten Zeremonien anwesend zu sein.

Wegen weiterer Informationen setzen Sie sich mit der Verwaltung in Verbindung.

Die Dorfverwaltung

O Mother Earth

O Mutter Erde,
sorge für die, die wir lieben
so wie wir für die sorgen, die du liebst.
Gib ihnen Schutz,
gib ihnen eine Wohnstatt.

O Vater Himmel,
sorge für die, die wir lieben
wie du für die Deinen sorgst.
Gib ihnen Rat,
gib ihnen Kraft.

O ihr, die wir lieben,
sorgt für euch selbst,
so wie wir für euch sorgen.
Ihr seid weit fort von uns,
aber ihr seid in eurer Wohnstatt.

Oh, schaut an eure Mutter Erde
und euren Vater Himmel,
wie sie euch umfangen.

Polacca, Hopi Reservation, 1993

Die Geschichte des »Älteren Bruders«

Durch die Vereinigung von Erde und Himmel wurde I'itoi (»Älterer Bruder«) geboren. Und vom Ton der Erde machte I'itoi die O'odham (= Papago-Indianer). Er gab ihnen ihr Land und lehrte sie die Zeremonien, die ihnen Regen und ein einsames Leben in der Wüste bescherten. Als ein besonderes Geschenk gab er ihnen den wunderschönen blutroten Sonnenuntergang, den die O'odham immer bewundert haben.

Chona, O'odham

Der Ältere Bruder der Papago-Indianer

Eine Sammlung winziger Tongefäße wurde 1960 in einer Felsspalte auf dem Kitt Peak (Berg auf der Papago Reservation) entdeckt. Diese Gegenstände waren vielleicht eine persönliche Opfergabe eines Indianers an I'itoi, den Älteren Bruder, oder an die Natur. Solche Gaben wurden von einer Person geschenkt, um Gegenstände zu ersetzen, die aus ihrer natürlichen Umgebung fortgenommen worden waren.

I'itoi gilt als Schöpfer wilder Nahrungspflanzen und als Erfinder der Töpferei. Kitt Peak ist einer der Berge, die ihm geweiht sind. Vielleicht hat ein einzelner oder eine Familie der Papago-Indianer diese Gabe an I'itoi nach einer erfolgreichen Jagd- und Sammelexpedition dort zurückgelassen. Das Gleichgewicht der Natur war gestört duch das Fortnehmen wilder Nahrungspflanzen. Die Gaben wurden niedergelegt, um dieses Gleichgewicht wiederherzustellen. Der Gedanke der Gegenseitigkeit ist charakteristisch für die Papago und andere Indianer.

Text aus einem Museum auf dem Kitt Peak, 1993

Man-in-the-Maze

Das Bild des »Menschen im Irrgarten« (Man-in-the-Maze) ist häufig in der
O'odham-Kunst zu finden; von ihm gibt es viele Interpretationen. Eine Version
ist, daß die menschliche Figur die O'odham – »die Leute« – repräsentiert und daß
der Irrgarten das I'itoi ki – »das Haus des Älteren Bruders« – ist, Schöpfung des
Lebens selbst. Menschen gehen durch den Irrgarten des Lebens mit seinen
verschiedenen Teilen, Abbiegungen und Sackgassen. Am Ende und im Zentrum
aller Dinge steht I'itoi, der Schutzgeist und Ältere Bruder.

Heard Museum, Phoenix, Arizona

Nachwort

In den vergangenen zwölf Jahren habe ich zahlreiche Forschungs- und Studienreisen zu den Indianern im Südwesten der USA unternommen, also zu den Reservationen der Navajo, Pueblo, Hopi, Apachen, Papago, Ute und anderer Indianer in den Staaten Arizona, Neu-Mexiko und Colorado. Dabei haben die grandiose Landschaft, die Stille der Natur, die Weite des Raumes, die Ruhe und das Gesammeltsein der Menschen, die farbenprächtigen und ernsthaften religiösen Zeremonien sowie auch Situationen großer Spannung und Auseinandersetzung einen ungeheuren Eindruck auf mich ausgeübt; haben mir faszinierende und unvergeßliche Erfahrungen und Begegnungen ermöglicht; waren bei mir Anlaß zu neuen Erkenntnissen und Einschätzungen meiner eigenen Kultur und Tradition.

Solche persönlichen Erfahrungen und Wandlungen sind natürlich nur sehr bedingt in einem solchen Bild-/Textband zu vermitteln. Doch alle hier vorgelegten Bilder habe ich während dieser Aufenthalte in diesem Gebiet aufgenommen. Die Landschaft dieses Raumes sowie die Siedlungsformen, die Lebensgewohnheiten und die religiösen Traditionen dieser Menschen stehen also bei diesen Bildern im Vordergrund.

Nun trifft man dort im Südwesten der USA allerdings nicht nur Angehörige der genannten Stämme. Vielmehr strömen bei den größeren indianischen »Ceremonials«, etwa in der Stadt Gallup am Rande des Navajo-Gebietes (die sich stolz »The Indian Capital of the World« nennt), Mitglieder praktisch aller nordamerikanischen Indianervölker zu Fest und Feier zusammen. Deshalb stellen diese Bilder nicht ausschließlich Indianer des Südwestens vor, sondern eben Indianer Nordamerikas. – Die Texte dieses Buches sind ohnehin nicht auf dieses Gebiet der USA begrenzt, sondern entstammen auch anderen Indianerkulturen Nordamerikas.

Dieser Band versucht nun, anhand von Bildern und Texten nordamerikanischer Indianer einen Eindruck von indianischen Wegweisungen, Ansichten und Einsichten auf eine zugleich anschauliche wie auch meditative Weise zu vermitteln. Denn es steht ja außer Frage, daß neben der intellektuellen Beschäftigung mit anderen Kulturen gleichberechtigt ein zweiter Weg steht: nämlich die Beschäftigung mit Hilfe des Bildes und des Sichversenkens in einen poetischen Text.

Die meisten der vorgelegten Bilder zeigen eine relativ heile Welt indianischen Lebens und Denkens. Das vielfach zu beobachtende Zerbrechen indianischer Menschen an der Lebensform der Weißen und die immer noch fortdauernde Zerstörung indianischer Kulturen wurden in den Bildern fast nie – in den Texten nur selten – thematisiert. Mir ging es vor allem um den Versuch, einen Blick in das ursprüngliche und möglichst unzerstörte Innenleben zu tun – also um eine Erfahrung dessen, was indianische Kulturen vielleicht einmal waren, was sie sein wollten und was sie unter günstigen Bedingungen hier und da auf dem nordamerikanischen Kontinent noch sind.

Leser wie auch Betrachter können in diesem Band schnell einige Schwerpunkte ausmachen: so etwa Natur und Landschaft; religiöse Zeremonien und Tänze; Kinder und junge Menschen. Alle diese bildlichen wie textlichen Darbietungen und Gestaltungen sind Versuche, sich einer indianischen Identität behutsam zu nähern. Für das Verständnis dieser Identität spielen aber gerade das Verhältnis dieser Menschen zur Natur und zur Landschaft, in der sie leben, wie auch ihre Beziehung zum Göttlichen, also ihre Religiosität, eine besondere Rolle.

Dabei fällt uns immer wieder auf, daß für indianische Menschen die Bereiche des Göttlichen und des Natürlichen offenbar nicht in der Weise voneinander geschieden sind, wie wir es aus unserer eigenen kulturellen und religiösen Tradition gewohnt sind. Aus den Worten dieser Menschen – und für den aufmerksamen Beobachter vielleicht aus manchen Bildern – wird immer wieder ein Weltverständnis hörbar und sichtbar, welches Mensch und Natur, Gott und Welt, Transzendenz und Immanenz zu einem Ganzen zusammenzubinden sucht; welches das Göttliche im Natürlichen, das Geistige im Materiellen, das Sinnstiftende im Alltäglichen findet: ein Verständnis also, das sich weigert, die abendländische Trennung der einen Wirklichkeit in separate Welten mitzuvollziehen.

In diesem Bemühen um ein ganzheitliches Verständnis von Welt liegt meines Erachtens die besondere Faszination dieser fremden Kulturen für uns. Ich hoffe, daß Bilder und Texte eben diese Erfahrung ermöglichen und daß sie uns Kindern des Abendlandes helfen können, ein anderes Bezugssystem für den Umgang mit dem Kosmos kennenzulernen und so vielleicht einen Zugang zu neuen Wahrnehmungsformen der Wirklichkeit zu finden.

Rudolf Kaiser

Literaturverzeichnis

Ein großer Teil der Texte dieses Bandes wurde bei persönlichen Begegnungen oder in Museen auf Indianerreservationen im Südwesten der USA gewonnen. Auch das HEARD-Museum in Phoenix, Arizona, und das Arizona State Museum in Tucson boten viele wichtige indianische Texte zusammen mit den historischen und kunsthandwerklichen indianischen Exponaten. – Die Besucherzentren auf Reservationen und in amerikanischen Nationalparks waren eine andere Quelle für eindrucksvolle indianische Texte.
Darüber hinaus wurden folgende Werke herangezogen:

Alexander, Hartley Burr: The World's Rim – Great Mysteries of the North American Indians; Lincoln/Nebraska 1967

Astrov, Margot: The Winged Serpent – An Anthology of American Indian Prose and Poetry; New York 1946

Boyd, Doug: Rolling Thunder; New York, A Delta Book, 1979 (7th printing)

Brandon, William: The Magic World – American Indian Songs and Poems; New York 1971

Chapman, Abraham: Literature of the American Indians – Views and Interpretations; New York 1975

Day, A. Grove: The Sky Clears – Poetry of the American Indians; New York 1951

Evers, Larry/Molina, Felipe S.: Yaqui Deer Songs; Tucson, Sun Tracks and The University of Arizona Press, 1987

Gill, Sam D.: Sacred Words – A Study of Navajo Religion and Prayer; Westport (Connecticut) London 1943

Hammerschlag, Carl A.: The Dancing Healers – A Doctor's Journey of Healing with Native Americans; San Francisco, Harper, 1989

Hinton, Leanne/Watahomigie, Lucille J.: Spirit Mountain – An Anthology of Yuman Story and Song; Tucson, Sun Tracks and The University of Arizona Press, 1984

Hobson, Gary: The Remembered Earth – An Anthology of Contemporary Native American Literature; Albuquerque, University of New Mexico Press, 1979

Hodge, Gene Meany: Four Winds – Poems from Indian Rituals; Santa Fe, New Mexico, 1977

Kluckhohn/Leighton: The Navajo; Cambridge 1951

Lafferty, Joe: For the Children; Akwesasne Notes, December 1977

Medicine Grizzlybear Lake: Native Healer – Initiation into an Ancient Art; Wheaton, ILL. USA/Madras, India/London, England, Quest Books, 1991

Naranjo-Morse, Nora: Mud Woman – Poems from the Clay; Tucson/London, The University of Arizona Press, 1992

Ortiz, Simon J.: A Good Journey; Tucson, Sun Tracks and The University of Arizona Press, 1977

Paige, Hary W.: Songs of the Teton Sioux; Los Angeles 1970

Rosen, Kenneth: Voices of the Rainbow – Contemporary Poetry by American Indians; New York 1975

Silko, Leslie Marmon: Storyteller; New York 1981

Spinden, Herbert and Joseph: Songs of the Tewa; Santa Fe, New Mexico, 1976

Witherspoon, Gary: Language and Art in the Navajo Universe; Ann Arbor, University of Michigan Press, 1976

Witt, S.H./Steiner, S.: The Way – An Anthology of American Indian Literature; New York 1972

Bildlegenden

Seite 141	Die Webkunst hat bei den Navajo-Indianern eine lange Tradition und eine große Bedeutung. Sie wird von Frauen ausgeführt und die Muster sind meistens von auffallender Schönheit und Harmonie in Farbe und Form. Sie sind dichtgewebt und von hoher Qualität und werden auf herkömmlichen Handwebstühlen hergestellt. Der hier vorliegende Teppich zeigt die heiligen Wesen der Navajo, die Yeis, und verrät auch sonst eine Fülle indianischer Zeichen und Symbole. Der ursprünglich heilige Charakter solcher Gegenstände wird heute, da solche Waren gleich zum Verkauf gefertigt werden, durch eingebaute Fehler gebrochen. Für Nichtindianer ist es allerdings fast unmöglich, solche gewollten Fehler zu entdecken.
Seite 143	Eine Darstellung der Schlangenlegende der Hopi-Indianer am Grand Canyon.
Seite 144, 147, 149	Die Natur zeichnet mit ähnlichen Formen, ob im Stein, im Holz oder im menschlichen Antlitz.
Seite 151	Ein alter Hopi-Indianer vor der Landschaft der Hopi-Reservation.
Seite 152	Im Canyon de Chelly auf der Navajo-Reservation.
Seite 155	Indianer demonstrieren Selbstwertgefühl oftmals auch in der Imitation politischer Formen der Weißen. Dieses große Siegel der Navajo-Nation enthält alle zentralen Symbole dieses größten Indianervolkes in Nordamerika: die Sonne, ohne welche kein Leben gedeiht; die vier heiligen Berge, welche das Navajo-Territorium begrenzen und es als heiliges Land markieren; die Haustiere Pferd, Rind und Schaf, welche in der Ökonomie der Navajo eine große Rolle spielen; und die Maispflanze, die Gabe der heiligen Wesen, die Nahrung für Mensch und für Tier bedeutet.
Seite 156	Diese Sperrung eines ganzen Hopi-Dorfes für Nichtindianer wurde inzwischen rückgängig gemacht. Dabei handelte es sich um das Dorf Old Oraibi, die älteste dauernd besiedelte Niederlassung auf dem nordamerikanischen Kontinent.
Seite 159	Dieses Schild bei dem Hopi-Dorf Polacca wurde erst in den letzten Jahren aufgestellt. Text und gesprühter Zusatz verraten den ganzen Zwiespalt in der Seele heutiger Hopi.
Seite 161	Man-in-the-Maze, das bei den Papago-Indianern beliebte Symbol für den Menschen in der Welt.